傍晚的和声

杨健民 著

海峡出版发行集团
海峡文艺出版社

图书在版编目(CIP)数据

傍晚的和声/杨健民著. —福州:海峡文艺出版社,2020.1(2024.3重印)
ISBN 978-7-5550-2101-8

Ⅰ.①傍… Ⅱ.①杨… Ⅲ.①诗集—中国—当代 Ⅳ.①I227

中国版本图书馆 CIP 数据核字(2020)第 005166 号

傍晚的和声

杨健民　著

出 版 人	林　滨
责任编辑	蓝铃松
出版发行	海峡文艺出版社
经　　销	福建新华发行(集团)有限责任公司
社　　址	福州市东水路 76 号 14 层
发 行 部	0591—87536797
印　　刷	三河市兴博印务有限公司
厂　　址	河北省廊坊市三河市杨庄镇大窝头村西
开　　本	720 毫米×1000 毫米　1/16
字　　数	140 千字
印　　张	13.5
版　　次	2020 年 1 月第 1 版
印　　次	2024 年 3 月第 2 次印刷
书　　号	ISBN 978-7-5550-2101-8
定　　价	72.00 元

如发现印装质量问题,请寄承印厂调换

作为一种摆渡意义的诗

——序杨健民诗集《傍晚的和声》

年微漾

兴漳宫在路边，坐西朝东，北面毗邻阳谷小学。从仙游县城，到枫亭出海，这里一度是必由之道。许多次我匆匆经过，吸引我的不仅有宫殿高大的照壁，更因小学是乡贤健民老师的母校，却都不曾驻足察看。直到有一回参加完婚礼，天近傍晚，夕晖倾泼，在村中停留绕过照壁，只见隐匿在耀眼光线中的古建轮廓；待靠近，才看到他亲手题写的庙额，顿生故交重逢之亲切。我与健民老师因诗相识、以诗论道，他亦对我多有错爱与提携，仔细一想，诗歌是我走进这一幕颇具仪式感的现场的唯一缘起，其中所蕴含的摆渡意味，也为我走进他的第二本诗集提供了路途。

大约数月前，健民老师整理出自己的百余首近作诗稿，几经商榷，定名曰"傍晚的和声"，此时距离他首部诗集《拐弯的光》付梓已过去一年有余。20世纪80年代，约在我出生前后，他提出并确立"艺术感觉论"的理论设置，奠立了自己在文艺美学理论及批评界的翘楚地位；而在我与他结识的这数年间，我看到的又是一位熟稔微博、微信等信息化阅读手段、紧跟时代潮流的"键盘朋克"，一位勤勉躬耕于现代诗和"短语"式随笔写作现场的"文学老农"，以及一位早年发起兰溪诗社以重拾莆风清籁、历经数十载岁月仍不忘诗写初心的"忠实信徒"。如果说"艺术感觉论"的产生，是基于青年时代的健民老师广博的学识和超凡的悟性，那么这些年他所做的，除了是对自身情怀的践行，更多的是在反证和检验"艺术感觉论"的理论活力。让感觉成为感觉，又让感觉回归感觉，因此，无论是"拐弯的光"或是"傍晚的和声"，它们所传递出的，皆是健民老师对于诗歌的某种理解——诗始于感觉。

这种感觉，源于对生命经验的不断萃取。新诗集的前两辑分别为"沙漏"和"现场"，顾名思义，是健民老师在不同时空现场的诗歌素描。他月月有诗，时时爱诗，处处念诗，以一种忠实生活、热爱生活的态度，记录一年的不同月份节令，陈列一天的不同区段时辰，印画自己在世界平面上和古老纵深里的足迹地图。我常认为诗人并不创造任何语句，他们所掌握的只有将既有字词重新排列的魔法，而究竟谁将得到缪斯女神的垂青，取决于他是否对习以为常的生活仍怀敏感、对司空见惯的现象犹存好奇、对约定俗成的逻辑有所怀疑，或对理所应当的准则抱持反叛。健民老师在傍晚看到"有很多事物在飞"，认为"流水"其实是"水递来的水"（《傍晚有很多事物在飞》）；在"汛期"听"下了一夜哲学"的雨，然后"突然发现，雨丝垂挂的样子像指针"（《汛期》）；把澳门当成"一部悬疑小说"，在厦门"一口饮尽浪花的倒影"……他不断进入"有我"的时空现场，翻掘不为人知、不为人察的诗意，形成了一种从现实主义切入、以超验主义升华的诗写模式，也让自己的作品达到了不难进入亦不易透析的文本特质。

这种感觉，来自对本质捕捉的某种能力。"命名"一辑多系咏物诗，健民老师以丰繁意象入题，对其进行诗歌意义上的再命名。以色列著名当代诗人耶胡达·阿米亥有一首名作叫《宁静的快乐》，其中头两句是"站在一处恋爱过的地方／下着雨。

这雨就是我的故乡"。可以看到，健民老师的命名，与阿米亥式的命名有诸多共同之处，即对意象的重新辨认和情感占据。如面对一场雨，他想到"夜雨是词语的梯子，如同圣歌轻轻落下"，同时"雨很哲学，闪耀着每个人的雄辩"（《一场雨的雄辩》）；抛开了中药名词语义上的"半夏"，在他眼中，"是一堆柴薪，浮起风与火的宗教"（《半夏》）；再如"风是行走的树"、茶是他的"思想"……从这些意象的词频上来看，风雨过境容易让他有所思，音乐书籍令其感到不可或缺，而茶叶正是他打开诗境的关键钥匙。在对待这些意象时，他善于删繁就简，不断剥离它们多余而无用的属性，以留存可以和自己作为"思想者"形象高度融合的那部分本质，这在由几首长诗和组诗所构成的最后一辑"合唱"中尤其明显。在这一辑中，他拆解词语、分析字义、解剖意象，呈现出不一样的审美风景，也让这部分文本彰显出其个人长于思辨、工于逻辑的诗写特点。

这种感觉，还有对人世情理的通达彻悟。年过花甲，生命已不再只有经历，反倒是对命运本身的应许。在一种命运中，一个人会扮演不同的角色，人情练达，是文章也是诗歌。健民老师在作品中，正是以一种日常的口语习惯，直接进入诗歌叙述，这看似"大拙"的处理方式，其实正是他诚实、本真而又不失智慧与旨趣的写照。

事实上，诗歌正是这样一种高度依赖感觉，又需要对感觉有所警惕的文体。一方面，精准的诗歌感觉有助于一位诗人将世界上的任意两种意象彼此联系，通过分析它们的属性集合，找到共性，从而建立起一种有难度的修辞关联；另一方面，有难度的修辞在给诗歌文本带来"匠气"增益的同时，亦会因诗人过于强烈的技术个性，消解了文本的普适价值，同时对诗歌原应传递的情感有所妨害。因此，诗是感觉又不尽是感觉，感觉只是一位成熟诗人走进诗歌的一种极其重要的摆渡工具。

值得一提的是，将"傍晚"与"和声"这两种意象予以拼接的巧合性就在于，前者是介于白昼与黑夜的中间时区，承载着光走向暗的自然过渡；而后者在一首音乐作品中，既界定了主旋律的走向，又丰富了音色层次，是独唱走向偕唱的重要环节——它们均暗合了诗歌需是由感觉碎片收集最终走向完整情怀呈现的文本特征。

健民老师嘱我对这些新作辑定并撰序，一时间令我感到受宠若惊。让忝陪末座者，执秋水长天笔，我深知这是他一贯激励和提携后辈的苦心；然我劳形案牍、耽身杂役日久，常常提笔忘言、腹内焦枯，渐生力有不逮之惶恐，导致拖延了不少时日，他亦每每理解和宽容。在这个冬夜，万籁俱寂，完成了一次告别后，我忽觉所有往事都已褪色，也对不久前健民老师所经遭的另一场离别感同身受，一时信手命笔，酣畅淋漓。人生如长夜独行，也许唯有诗，可供摆渡疲惫心灵抵达去处又不致染尘，这也正如健民老师此前曾多次提及的："诗若安好，便是存在。"

是为序。

2019 年 12 月 22 日凌晨于涵江

目录

沙 漏

傍晚有很多事物在飞

这个傍晚，有很多事物在飞
比如一枝罂粟花，一堆茶杯碎片
它们染指或割断了黄昏
前世的那一块呢喃
说出昨日递来的昨日
以及水递来的水。有句话已被揉碎

流水其实是空的，全部融化在梦里
我有内心之心，不知去向
只会盯着那些事物在傍晚里飞

树叶像孤帆般飘落，飞成远影
我想宿醉，想在黄昏拥有一些思绪
我还想把海伦的美留给凌晨怀念
然后在啤酒的泡沫里聚散依依
与此同时，我发现所有事物都还在
包括这个夜，包括怎么去夜里

想好了怎么去对话，独语有些难
美人背上也许可以题字
但偏偏把诗句丢在酒杯里
世界并不等于零，只有此刻才是零

只有灯下的美才叫美
只有盛满夏天的云才叫云
尘埃虽然落定，却是颤抖的存在
我把珊瑚的两片笑唇合出一条余晖
让世界归零，让那座海洋也归零

傍晚的许多事物就是一场聚散
那就随着她的忧伤跌入暗河
明日一定会有罂粟之风寻找踏空
浮于忘川的那些话，还会在我的膝头吗
花朵一零落，就无所谓尘泥
就像人活着最终总要等待黄昏

我记得少年时代在河边给伙伴们讲故事
那时还真不知道有什么孤独的春夜
所有的不朽都是空载，都是幻觉
只有把心里的截句留下，才是回忆
所有事物都是我的曾经或许途经
我想忍冬或者忍夏一定是绝妙的
可以让美残忍，让爱不忍，让恨容忍

什么是"好到一分，则忆君一分"
那双深到井底的眼睛还在说着往事
回忆总被认为不朽，其实不过是遇见
没有什么可以在此刻被称作永恒
如同一道命题生生扔进火里

只能照亮斜阳，再挤出一网梦
捕获一堆关键词，说出一种虚实——
傍晚时分，有很多事物在飞

2019 年 7 月 28 日

元 宵 雨

元宵雨下得那么轻，不觉得疼痛
门缝有光的颤动，黑暗变成了风

灵魂的行装简洁，焦虑地拐弯远去
游灯是一生的行程，像一只蝴蝶飞过

把声音刻在空气里，记住喑哑的书写
乡思寸寸，今夜我是一柱风的朝圣者

星辰日月和人间烟火只打开一种味道
我就把一打沉醉的道理，送给了雨

所有的愿望都被悬挂着，说吧这雨
垂落下来的，还有夜的小酒窝

2019 年 2 月 19 日

三月，走在一条雨巷

雨倒下时，我的傲慢就开始了
为想象的欲望放下自己的喘息
放下眼前这条比路更远的路
我双腿荡漾般叉开，剪出一截望断
就像春天不需要任何颂词
甚至不需要对它加以任何比喻

博尔赫斯的客人回来了，我认识他
他出没在这条雨巷里，有些伤
从一本书里迎接他，我猜想一个理由
如果梦够长，我会用一段再见
去收拢他思想里的所有尘烟
既想得到它，又想尽快把它忘记
没有什么是夜晚惹不起的
除了我的那一本日记的片断

我是个有着黑色影子的人
但我很久没见到自己的影子了
生命不停地在镂空，像雨巷里
那一道道挣扎着张开的门窗
走过来走过去，每一块石板都在回忆
有时不是我在走路，而是在活着

我想所有的雨丝都会认识我
牵我回家，濯洗一遍三月的风

2019 年 3 月 1 日

那时春末

时间总是比青草多了些日子归来
我的草坪好像也比去年多了些皱褶
地铁二号线为什么比一号线多了一号

地铁上两个老人缩在那里对视
他们的眼神总会带走一些出站的人
就像春天总是带走许多人的眼神

我和春天都有一颗纠结的心
似乎过了几秒钟就像过了几十年
我知道有一截时间里住着一段私语

有人问我那一泡"溪谷留香"还在吗
她想用一盒"素心兰"跟我换茶
我说到了春末，岩茶安静得仿佛遗产

话都说到天上去了，天上有大风
却没有谁会刻意逃离一个春天
只有鹿会知道那片村庄的心事

茶一定是一段漫长的故事
它的命运史落在了草木之间

有个叫芳的姑娘想唤醒它的昨天

我是一个喜欢独坐喜欢观落日的人
一泡茶就会抬高我内心的空寂
春末十四行，莫衷一是的总有几句

有时候真想写几句话给一片茶叶
记录下它是怎样如我一般混迹人间
我就会让浮尘覆盖我的一些企图

如果时间能将我的未知趋于澄澈
我一定记住那时春末原来如此宁静
就像一转过门扉，我就明白我的迷执

2019 年 4 月 27 日

四　月

我是被四月养大的，身体里
有一株马蹄甲，饮着剔透的日子
就像风拥抱住了另一柱风
我退回唐朝，寻找路过的那个客栈

四月永远是不醉的，一杯酒
可以拯救一片浓如夜色的琥珀
有人用风声朗读我的诗作
那双阅读清晨的眼睛，读到了夏天

雨水并不宽泛，光影在叶片移动
半身镜被削下一截空白，有词语沉入
将一盏茶从甘喝到涩，我才明白
四月的深处，还藏着我的许多遗忘

如果琐碎能够凑成一袭日月
我会拿诗句去喂养我亘古的在场
那时，坐在风里静静地听着马蹄甲
把我所有的日记都改为一种"致"

2018 年 4 月 4 日

消夏，听雨说

土台风缔造了一个假的秋天
风的呼吸很安静了，雨却有些热闹
我开始证明自己是一棵无冕的树
那些氤氲反复发作，让我有许多错觉

这个盛夏有人跑到西伯利亚去诉说
我在等待一场雨，一场消夏的雨
就像我葛优躺的姿势永远不想改变
任何一种轻挪，都可能让雨错过

每一滴雨都是清凉的笺注
春天时，我曾信仰过一批檐下之水
它们不容我轻慢天上任何一朵云
尽管摩挲不到，但我依然望而不生畏

夏天很拥挤，不会那么急就要回笼
我断定有一些雨还在等候上车
我陪着它慢慢倾诉，有些从容不迫
直至卸掉某个朝代，安顿好雨的语言

有雨敲窗。一颗城市的心会被敲碎
变成一堆模糊的絮语，像水墨皴法

插满羽毛的石头一定是雨的陷阱
有些事物渐渐枯萎，然而雨道不孤

那好吧，今夜你就下雨，再下大点
我不是在雨中，就是在追雨的路上
林中小路如此陌生，我会抢走十座河床
然后拉你下水，再听一回倾盆的伏击

2018 年 8 月 26 日

我的五月简史

五月，我乘坐一滴水跑满世界
时间被裁剪成纸质的形状
就像叶的飘零，只带走一颗鸟声
我一个个鸟笼地放鸟，滑过
多少双热望的眼睛。我有些迷乱

年轻在记忆里一定很宽阔
他们的时间是用来消瘦的
我却挣扎出一种原野，去填满四季
这张脸庞还能稀释什么样的过往

握住多雨的季节，像握住一个陌生人
我只抓住其中的一滴，就被放浪
不是所有的来到或离开都是清晰的
寂静不断被捋直，欲望渐渐发黄
我手撕过一张陡峭的夜，发现隐秘
有一千只鸟正在哺乳，剧情撩人

五月就要过去，我在哪里
我甚至忘记了自己要到哪里去
矜持终归是没有重量的，只有泛滥
当海德格尔说"语词如花"时，我想起

一架赶夜的竖琴，藏着古希腊的智慧
我不敢拨动它，因为我的欲望还很小
我知道云朵和雨滴没有距离
一切的走失都会爬回我的身体

我身体里有一片狼藉的战场
被日子咬过的，一定是充血的茶
五月，风在雨里折叠成骨感的消息
我把脱落的记忆压成谶语
为了一点微息。凝神。静谧
我的理想抱不起一条水，却能
抱起一道薄弱，然后以一杯水的沸腾
消解夺目的慵懒，让日子吃水更深

2019 年 5 月 28 日

离场兼寄屈原

你只是纵身一跃，汨罗江就顺势倒下
直到五月五，才把你和酒壶一起捞出
青蒲和雄黄都变成问号，问天问楚问秦王
"离骚"原来就是离场，昨夜的梦早已脱臼

楚国像一个被锯掉的词，一路爬满蚂蚁
它们在搬运王朝的背影。你最终只能用
江水洗去身世，向芦苇深处预约死期
然后以一苇渡江的姿势，剪断你的沿途

千百年来，你不断加重龙舟的心事
龙舟其实是虚无的，它只能退回遥远
越变越窄的历史，处处中伤雨水的表情
等到某一页长出喉结，节骨眼也就到了

突然想起有一粒粽子还没开苞，就被
花千骨埋入秦王的枕头，留下一声绝响
后世的虞美人再也不唱《后庭花》了
一抱琵琶，一定会比楚歌更加悲怆吗

端午是江河的一曲倒悬，美需要忍住
从初一到初五，日子吃水越来越深

《九歌》在楚《天问》在心，寄存在岸边的那个王
再也无法回头看你一眼，因为雨来了

2019 年 6 月 6 日

端午再寄屈原

那一刻，汨罗江水倒流了吗
问天问地，你一次次叩问自己
什么是举世皆浊我独清
什么是众人皆醉我独醒

你终于不醒。渐行渐远渐无书
沧浪之水浊兮，可以濯我足

千古死结。所有动作都是无梦的动作
你开始一种真正的水中流浪
你也开始一次折断桅杆的壮举
失败的季节，你虚构了一个端午
然后再预设立场，抱紧落难的水

什么是不沉？《天问》如此惊艳
你以迁客的仪式完成了水的超度
把死后的那一叶龙舟，划出静止

太阳记录了这一场孤零零的飞行
我贫困的目光停留在长满鱼骨的沙滩
其实，那里是灵魂碎片最后的牧场
不断梳理出各种遗忘，还有各种哲学

汨罗江没有变色，直接溶入我的茶杯
恐美人之迟暮，像我九岁时的遐想
我开始分辨那道光洒下的使命
有个单薄的秘密，跟随着浪花跳水

我该送你一盏渔火，照亮《离骚》和《九歌》
黄昏接连被撞碎，自由无迹可寻
逮住一只锋利的水鸟让目光偷渡
刺探那片陡峭的隐私，然后隐身而去
英雄还气短吗？古典主义一直在奔跑
诗还在，远方却永远搁浅在远方

最后一个音符消失的地方，靴子落地
年年端午，江河会为你吐气还魂

2019 年 6 月 6 日

汛　期

雨，下了一夜哲学

断断续续的对话，语言不断遗失
在城市，雨是下不完的乡愁和牵挂
一只青花瓷无法盛满
也无法将它举过初夏

在汛期里冥想，也许就是一种活着
水太久，握不住一出不想谢幕的剧情
只有另外的不朽在敲击着《水经注》
有普渡之心有聚散之形还有历史的裂痕
这个时候只能与雨水交谈，甚至越过呼吸
雨刮器不住地摆头，驱赶的何止漫漶
有一滴海，在宽阔的时间里汹涌
想救赎所有的话语，再将它耗尽

完整的流淌是这个世界唯一的理由
就像水是流动的身体，一直蹲守在低处
雨不留客，只在眼睛里隐匿着撒野
过去的并没有过去，它还活在今天
视野如此之高，高过所有的仰望
有一个词正被雨撞开，叫作"倾泻"

倾泻是咬住嘴唇的酒，看似一动不动
一动不动的倾泻，才是天地间真正的倾泻

此刻，有人在雨中与怀旧对饮
漫不经心的遇见，其实就是遭遇
说一段落雨煮酒的往事给谁听
再把河滩的一部分雕刻成流动的诗
流动并非只是河的形式，它需要感伤
即便干涸了，也是那种被挥霍过的美

突然发现，雨丝垂挂的样子像指针
无论是否停摆，汛期就在那里
假如时间再长一些，雨会撞见更多的遇见

2019 年 6 月 3 日

"暑"不可耐

刚写完一首不太热的诗，句子就点燃了
每一个笔画都像火柴棍，一擦就火
这个夏日已经"暑"不可耐
天空不存在了，大地愈发深疼
即便有风跑进我的诗里，也变成撕咬
我实在是无力反击，唯有深夜
是可以亲昵的部分，但很快天又亮了

如果水不能粉碎石头，汗水则可以
三伏天我有五个心脏，轮番喘气
我的呼吸是湛蓝色的，像烟圈
一言不发的云盘旋在石窟里
熬成一丛珊瑚，暗示所有热的意义
为什么阴影不能拒绝白天的白
为什么不能把最后一个烈日掐掉

整个夏天，几乎每天我都和光一起醒来
把眼镜的雾气擦干，等待十座风声
滴血的太阳其实是夜里节操的残骸
被炽热的爱情挤得变形，只剩下骷髅
我也只能闷哼几声，仿佛误入草丛
接受一场枯萎的缠绕，然后被肢解

汗滴早已变作子弹，随时喷射而出

南方有嘉木，但注定充满噼啪的日子
像着火的葵盘，盛着两颗发烫的乳房
"暑"不可耐，要让大地疼得更深一些吗
我知道没有人想做个叹息的天使
虞美人只能一步步迎向烈日的乱箭
像燧石取火，让它们镶嵌住那道锁骨窝
我却像个爱江山的人，处处笼络月光
死也就死了，爱则不忍去爱
那么就让我这蜉蝣般的生命，抛入断崖
然后甩下短发三千，在暴晒中出浴

2018 年 7 月 31 日

推敲一座火炉

不可思议的七月。我在寻找热
寻找那座曾经的火炉，可是没有
今年的天空一直在高谈阔论
仿佛十万枚烈日都陷入坐忘
顾不得远方城市的沧桑。其实
远的已经沉沦，近的不在眼前
我只想把时间杀死，让八月消失
我想九月一定像我喂养的小湖
会把沿堤而行的那副蹙眉沉入水底

有人在推敲人间，我却在推敲火炉
此时北方正在冒汗，乃至洪水泛滥
北方所有的行为都显得异常仓促
连落日也在承受不安，颤栗下坠
眼前飞来一只北方的蚊子
伏于书桌，像一件烤焦的炭画
没人去收拾残局，我要把事物分开
然后躲进一场独奏，弄出点声响

这座城市开始丢弃火炉的美誉
留给需要过冬的诸神。此刻真想买醉
想让骨骼发出剑一般的呼啸

南方的雨不断地被请安，被推敲
"玛莉亚"台风留下的半只汉陶
有呼吸在起伏。我不习惯于打理
只热衷于推敲，包括推敲我的诗
把每一个字符都砸进深夜，砸进青石

今年的七月简单得像过路的空气
我无端地忽略了那座风和那片雨
我要把火炉和那只汉陶分辨出韵脚
推敲出一盘情绪，给长安和黄土高坡
榕树下有我的马匹，伸长着脖子
我需要它的一声长啸，揳入诗行
今夜我要把无限事分开，回到我的从前
从前的夏日不会讨价还价，不会食言
就像爱与被爱，像身体和语言碰撞
这个七月也许不太热，但八月还要来

2018 年 7 月 24 日

一个人的初秋

感觉是到了初秋，我四处寻找风
风就坐在阳台上恭候我，守口如瓶
我有些孤独，只注视楼下的树
一个人的初秋原来如此清瘦
我的诗留下最后一首
在纸上盗取秋的风骨，折叠起天空

盛夏煮熟每一粒尘埃，不会再逗留了
我不在乎哪一片雨会辜负了光阴
也不在乎哪一条光线会忽略了我
初秋，我以一个过客的身份路过
准备涉足我的远方，以及我的雨后
虽然没有一骑绝尘，但是比风跑得快

2018 年 9 月 2 日

白　露

牵一滴露水在我诗里，白而清晰
白露一定是秋天的即兴，以及迷恋
为了这个日子我守了一夜的诗
包括向杜甫致敬，把李白暂时藏在身后

其实到了中年，我才读懂杜甫
那句"露从今夜白"带走残月
我等待它的归来，看它清瘦的影子

我一直想把体内的光挤出一点
让今夜陷得更深，哪怕有些弯曲
刷白那些晚露，召回身体的意志
如残月离去，把生活中的坏事丢掉

露水归来，穿过的秋天还不够深
里程不在这里，而在岁月的那一头
就像比才用无名的音符，敲击卡门

2018 年 9 月 8 日

七夕抖音

七夕是个形容词，附会了一群男女
就像黄昏时我总会想起一些人
他们都悬着思想的吊坠走近我
把疯了的尼采和凡·高再折磨一次
用海子的诗去填补月牙的另一部分
有人将声音轻轻一提
就认识了另外的一个人，我却不能
我总是侧身而过，看天空无端卸下一块

我想在今夜认识脚下的尘土
它其实就是时间刻出的无名的哲学
世间任何的事都是一堆尘事
比如七夕温润的脸以及唇
一切都像汽车追尾，像树枝的词语乱颤
就连水面也显得异常性感
让我记不住自己是从哪里游来

风过于强劲，变得有些倾斜
我抓不住七夕的任何一个词汇
在寻找那颗吻我一念的星辰的路上
我丢失了两行注目和一行想象
七夕对我已经很遥远了，变成遥祝

只有这几句歪诗还在忽悠我
我想忘掉天空，忘掉七夕这个形容词
独自摇晃，重整一下欲望的天平
把自己摇成一段无法播放的抖音

2018 年 8 月 16 日七夕前夕

我的十一月

1998 年 11 月 26 日，我从一个科研机构调入一家杂志社。

二十年前的今天，我把十一月搬入
我的中年。那个季节没有花环
没有宣扬，日子依然很静寂，有
那么多个我，过去的我那天的我
还有未来的我，涟漪般散开
我是个送页码的人，手里拽着标题
把所有摘要和关键词都当作眼神
圈养在一座楼里，我推敲我的灵魂
开始咀嚼、编排一堆深奥的词语
每一个标点都在数落我，点击
我尚未抵达的域，包括绝尘的深处
我是被文字放牧在荒野的羊羔
啃着一片存在主义和后现代的草
走在阳光裸露的小径上，那一天
我掰碎一些时光用来泡茶，然后
挥一挥袖子，在文字里点燃
流水以及所有的遗忘，记得那天

我没有留下什么响亮的诗句，只有

两行日记，见证了我蒙尘的拐弯

2018 年 11 月 26 日

冬　至

冬至不搓汤圆，只搓人生
这辈子，一直在搓来搓去
总搓不圆自己，就被扔下水
沸腾，却半生不熟，流了一地时光

转身抱一本金庸小说
把年龄挂在树上，逼退身后的暗影
吊起这一颗搓不圆的脑袋
想想还有几根侠骨，禁得揉搓

2017 年 12 月 22 日

元　旦

一盏红酒似醒未醒，处女般
完成了去年和今年的交杯
"庆祝"其实是两个不太有用的字眼
就像天亮了月亮还高挂在天上

年底的盘点是冬天的宿命
太早接近春天，我有些惶恐
去年的笔记本只记录了三行
一行心情、一行交代还有一行劣迹

记忆被我毫不客气地忘却
回不到昨天，那么就站在今天
这个有风的清晨该往哪儿挪移
只有早醒的鸟鸣在伴奏我的脚步

2018 年 1 月 1 日改于塔斯马尼亚·朗赛斯顿

小寒的潜藏

阴了这么多日，才明白小寒原来是暗的
欲念总是被雾霾浇灌的，方向很湿
可以把某些心跳再加速吗？问风

不安的残酒，藏着不安的时日
被一位爷生吞活剥进难移的秉性
就像茶桌上的伤痕，被茶水供养着

灵魂的重量正在递减，谁在扮演我
夜把夜都过完了，才告诉我已经天亮
把一部分夜引入歧途，我只能读我的书

夜不过是一种幻象，疼是无法共享的
那些是过往的美好还是过眼云烟
任何的遗失，其实就是一场仪式而已

2019 年 1 月 5 日

小 年

小年是一粒失眠的露珠
站在岁末的草叶上
像一滴风，卷走旧岁的情欲

夜冷得烂醉，马路都瘦了
我踽踽独行，车灯老在发情
高楼把夜幕打翻在地
我拣起一片，湿了满身

夜的眼，一路听风唧啾
身边有过年的脚印在跑
路灯一盏一盏地辞退身后

那个茶艺居弯着三两人影
茶，正在衔走一堆落寞
我一头撞入，一个杯盖落地
吵醒我的诗句，裂了数行词

诗有点痛，小年却不疼
祭灶的烛光摇曳了数千年
去年那张灶神，还在护佑
我针尖上的那点满足

以及我没有做完的梦

流星已经不璀璨了
我准备选择年夜的闪电
黄昏不停擦亮我的前额
岁月像一把锁，一打开
咬不住我满腹的忧愁

过年，过年，等待明年
记住那天对妈祖的顶礼膜拜
把往日轻轻掐掉
然后变道，爬向春天正轨

2018 年 2 月 8 日

被偷拍的时间

香榭丽舍让巴黎忘记时间
就像眼前的大学路
有咸咸的海风让我驻足
偷拍一回时间吧，其实很短
其实想在那里停留更久
让起泡酒淹没眼角的飞行

灯光昏黄，有嫩芽抽出
没有法国梧桐，只有木棉
一起被拍进时间
半句慵懒的话刚出口
花就落在头顶，白光一闪

这是时间的形状吗
纷纷钻入我的镜头，像
一次又一次碰杯
咔嚓咔嚓地响

2018 年 3 月 31 日

日出过江

日头很大的时候我过江
太阳茂密，掩盖了一座桥的意象
我不断更换词组，想找回初衷
下了这么多天的雨没有任何补白
不知道该把衣服晾在何处
到处是丢失的灵魂密码
经过高架桥时我突然想起句子
似乎该贴一枚邮票寄给某人
因为我熟悉的那个人已经不见
就像大海一转身，就一去不复返

2018 年 9 月 2 日

牧神午后

这不是我的诗题，它属于德彪西
音乐在振翅，我渴望这种样子
纪念音乐就像纪念我的每一个日子
我一个人，躺在午后让音乐捡拾
我喜欢的每一刻都是我的
不光是音乐，还有那种自由和自在

雨怎么说我根本就没有听见
但我深信身后会有一丝温暖的影子
音乐的深处一定是牧神的深处
就像一棵树是从另一棵树长出来的
如果我是乐谱，我会举起某个指尖
点击其中的任何一个音符
为那一个牧神指路，飞出我的村庄

2018 年 9 月 2 日

斜阳系缆

傍晚。闽江桥上看到的水面
有着新婚之夜铺床的感觉
一条小船被系在落日下面
如同爱人在枕边撒出的语言
在余晖熄灭时间之前
我必须把那些话语捡起
让黄昏磨成眼里的薄霜
去卸下明日熟稔的酷热
坚硬的水流正在反驳夕阳
我用目光擦拭起皱的江心
我突然看到自己的倒影
像是一条还没过气的小鱼
被人钓起，涂上许多珊瑚云
但我大体是平静的，因为
我是我的药方，拯救我的垂老
我更是我的一个世界。爱人
我有一颗羡鱼的心
摘下的苹果不能回到枝头
我却一定能重返我的水中

2018 年 7 月 27 日

一夜之间

一夜之间，我埋葬了我青涩的岁月
像一个枯坐在屋顶听鸽哨的少年
冷吗？偷偷地问了自己一声，风
就跑了，光阴的尖啸在头顶缓缓拖行

履历已经面目全非，那根骨头还在
读着穆旦，在言语照亮的世界里还魂
人生是一道被抬起的凛冽，漂到无边
我在跟谁对话？要么撒野要么破风

风的笑点很低，经不起我的逗弄
就连拼音也是凉爽的，我用它记日记
设置一种故事场景，泛滥一条有道的河
生活总要先于曙色，因为纯粹而平静

我喜欢有思想的诗句，常常入侵其中
像一只沉默的蚁，嗅着云的潮湿
某日我四处寻找染发剂，想油漆鬓发
这个汹涌的秘密总是被梦呓暗示

心还要更静一些，我才能感觉远方
我的记忆可能会摧毁历史的某个暗角

但一定不会摧毁美，包括向神靠近
另一个所在，便是我未成形的光

我相信光是可以拐弯的，但不能被诱拐
就像言语走到尽头，只能自己跨过边界
人生总有一些拐点是由黑暗派生的
反抗绝望，一定是鲁迅赐给我们的生

天气薄凉命运薄凉也许梦不会凉
一夜之间，只有大地能够对付沉寂
内心的风景无论怎样被风吹破
记得那一片尘埃，就是记住了自己

2018 年 12 月 2 日

夜晚的思想

雾霭哼着广场舞的冥想
暗香浮动在一个人的黄昏

世界张开毛孔，一任鸡血
夜晚的语言模糊，但魂魄清醒

如果表象能凌空翻转成思想
今夜的星座、路和尘埃就是宗教

视觉因此简单，疲劳愈见复杂
竭力歌唱的生命总是被嘈杂允诺

只剩下一副飘渺的灵魂，属于夜晚
有一万种迟疑，原来在生存之外

2019 年 2 月 19 日

今夜，只等一支爵士

沙坡尾构造大学路的风，一直被照亮
女博士陪着，游荡出一路远年的记忆
找不到那家卖过《家》的旧书店
只好把呼吸寄存在那儿，等待明天
今夜，没有一种迷失可以被终结
抬脚撞进一家满是玻璃的小酒吧
煮酒，月光像电影默片那样昏暗
接下来的情节一定会很浪漫吗

未央的歌不断压迫着我的名字
听见海的呼喊，让我踩在魏晋之上
酒，持续坚持它的意志进入血液
女博士用如风过耳的指尖说着故事
能相信这是一出提前降临的剧情吗
在这里游种般植入，或者是退隐
声音覆盖着声音，重叠，并且摇晃
却始终听不到一节爵士绕过我的臂弯

有谁在这时带着圆号走向夜的眼
我留下唯一的痕迹就是目击
尽管满墙涂着一万年以后的情欲
我也无法解释女博士脸上的绯红

卸下影子，时间渐渐慢了下来
酒也喝得很慢很慢，像那朵暗香
闭上眼，光的嘴唇逼近思维的触角
一条史前的鱼，游入我的高脚杯

气温刚好，酒色适中，罂粟般碾过
所有耳目都谱出蜂鸟深信不疑的音符
诗句沉溺着比树影还要固执的沉默
没有歌词在等我，其实我是在等爵士
其实只要一支爵士，我就会被击中
就会像那一片被时光掩埋的楼兰残纸
女博士的碰杯潜伏着一种夜的简单
我想明早她会从杯里倾出今夜的复杂

2018 年 3 月 27 日

午夜，我想切割某些语言

1

英语、法语和日语都是移植到厦大的血统
有人蹲在脱臼的时间里，等待导师的手术

2

把逻辑重音浮在每一种语调的高处
一条玫瑰小径上有十座风等待汉语诱拐

3

海风一直跟踪语言，包括气数和思想
昨夜的唇早就被清晨撬开，一切如期而至

4

时间之外，我想在午夜切割某些语言
就像倾酒时，让树叶去砸伤或切割血液

5

其实，语言的静脉里有酒神和日神的键盘
敲击一声，所有的语法都会升空偷窥

6

那一夜，我担心和外国语一照面就会熄火
结果我在爵士第十四章里找到语言的空

7

法语里没有秘密，只有香奈儿和兰蔻
英语里剑桥在叫喊，新干线在日语里喘息

8

英语会告诉我，法语和日语也会告诉我
我从裤袋里掏出汉语，声音碎裂一地

9

夜的面孔过早地陶醉，还能守住诗意吗
那一杯咖啡撩拨着混沌般的三维空间

10

刚走进记忆，我的诗句就已经受孕
风跑了，外国语的世界比午夜还要妩媚

2018 年 10 月 23 日

光　阴

似乎相识很久了，匆匆那年
有时只是瞬间，从未疲惫和超越
一曲《长恨歌》坚硬地啃噬光阴
你的绽放和我的凋零，能够同频吗

你在不远处，静坐成一道风景
我的失眠最终消灭了一场梦
像一座隐形的山峦，但很真实
童心未泯的云朵，熏染时光

舞步的柔曼总是让我着迷
经过那里，我就变成一个重音
被尘世雕刻的永远是光阴
可以刻上我，再把我轻轻抹去

2019 年 7 月 20 日

女孩子捋头发的间隙

女孩子捋头发的间隙，我听见
风声了。白色衬衣那条黑色飘带
吵醒一个炎热的下午，甚至眼神
风在逆行，捆绑那些温暖的人和事
我把自己坠毁在一片倒悬的暗影里
为一朵花的命，积攒毒酒和利刃
然后裹挟一句唐诗扬长而去

开花是辛苦的，为了不过早地落果
假如能够冻结一个花季，纵然
日子融化了，也要守住这一场承诺
捋头发的女孩子，请把间隙留给我
我会在那里种植一些诗句以及夜
飘落的夜即便无常也会有星星点灯
喊一声"永远"，就走向过路的无边
还有一望无际的尘土，正在被马扬起

女孩子捋头发的间隙，我想保存一点文化
我想把一座山和一条河的乳名交给日出
那一根被泪水凝固的蜡烛不会歇息
就像一个人走在旷野，风吹不动裙裾
在雷雨到达之前我必须收好阳光

同时收好凌乱了一路的文化
我把天空的眼帘托付给一只亲爱的麻雀
让它放下身段，搀扶起一种宿命

我差不多用一天时间写了这首诗
女孩子捋头发的姿势一直没有改变
流水那么美好，为什么要半路停顿
那就多看看路边的影子，掐掉夏天

实际上我是在虚构一只木鱼
让它敲碎黄昏，一片一片嵌入墙头
在一座钟楼的窗户我听见蚂蚁的表情
比沙漏的叫声更加惊艳，像樱花的独白
生活的片断原来就蛰伏在边缘与别处
那就让匍匐满地的灰，轻轻陷入
像玻璃那样的阳光。再种植一些精神
除了游移，还有什么空气可以留住
女孩子捋头发的间隙，天空正在割开

2018 年 6 月 27 日

一天的楼梯

整整一天，我上下楼梯许多趟
楼梯是我身体里的某个器官
一级一级呼吸，喘气，直至冒汗

我觉得有些累，为什么不能变成鸟
把每一道喘息都喊成一颗鸟鸣
然后坐在那里倾听，尽管声音里有锈迹

其实我挺珍惜这一天里的每一秒
哪怕沉溺了，我也知道该停在哪一级
我会告诉我的朋友，今天我不会刮风

楼梯很宽容地任我爬上爬下
我像逐鹿中原，在这座楼里做事
一件一件，把一秒钟狠命地拉长

到喝茶的时候，我明白我的认知论
水总是一级一级地填入器官
它跑得比风快，只留下一声咕噜

有几次，我是两级并成一级上下
任何复杂的事情都能如此简单地做

该忽略的就得忽略，比如我的忙

水一道，楼梯一道，我的疑问一道
上上下下一定就是人生的选择吗
我等着夏日里有一道风穿过身体

这一天的楼梯被我翻阅许多遍
我的脚印很锋利，一定会撕完这本书
因为上下一级楼梯，就得撕去一页

2018 年 8 月 13 日

"二十岁"生日

这个"二十岁"肯定是我的秘密
前头四十年记录了太多的平仄
那一年，一片云的叫声滚过我的河
只洒下一滴，我就义无反顾了
天空微凉或是薄凉，都只有远和近
我突然就喜欢上一只残缺的陶罐
一口气把我的河喝成了一杯老酒
阳光不断存进我的身体，像风吹灯
我通过云的影子找到我的日记
还是那个熟悉的词：调动、调动
出门时我踩到一片落叶，闷声不响
那天，我双眼紧闭呆坐在落日里
喊不住一丝风的脚步，恍惚刚出世
含着一柱认知论的奶瓶，狠命地吸

2018 年 12 月 2 日

明天的地铁

我知道三月里二号线还在试运行
所以，我在等待一枚车票
地下那条路的延伸纯属于搬动
它只是时间的混合以及送达
什么时候可以把自己赶出车票
我的期待可能会长出阴谋
然后去找出风的第七个出口

地底下没有阳光可以驱赶露珠
也没有什么虚无主义可以掀开眼皮
如果我的诗歌能够擦拭轨道
那一定是我正在走向我的名词
每天我都用眼神刷新门口的地铁站
再放一只杯子装满免费的呼吸
有一种力量会突然挣脱身体悄然出走
不管怎样，明日一定是可以轻易跨越之物

明天的地铁是我在高处的俯视
等得太久，会不会让人怀疑等待的意义
低处的某些事物，可以治愈我的不安
但也可以被我忘得一干二净
我在三月里看见了一种蜿蜒

哦，鼓山在前，旗山在后
我准备抱一本费尔南多的书
去翻开一个人可以看到的远方

2019 年 3 月 1 日

留痕一日

一只来自民国的蝴蝶飞来
像一个孩子在河堤上奔跑
它已经被风吹得很瘦了
摇晃着我的茶盅
白色的女孩，在水里
在我的视界。这一日
只有它为我留痕
为我带来御风的释义

我端着一个故事
在杯里。雨还在下

2019 年 1 月 13 日

驻足十秒钟

只给你十秒钟
目光就可能变得迷离
该看的都看了
看不到那是你的事——
楼下一辆小轮子缓缓驰过
我看它像麦穗在跑
拖着无数根麦芒

十秒内我就想起一句诗
——蝴蝶是飞呢还是在飞

2019 年 1 月 13 日

有一种风情你无法抵达

秋风有点萧瑟，有人警告我
你头发长了，虽然所剩无几
我总觉得那东西未经凿透就熟了
涂几条光线也许会茂密些
然后添上一纸扉页
这样去翻阅就不至于唐突
该不该提把屠刀去砍杀一番
结果被镜子生生教训一顿
有一种风情你永远无法抵达
这个世界还有什么何曾不朽
除了面具，就是入秋后的飘落

2018 年 9 月

第二辑

现 场

黄河密码

河滩被芦苇拉出血口，马很瘦
马蹄一不小心，踩回五千年前的绿
风在战国的烟尘里斑驳着细小的经脉
没有一棵草能摔落昨夜星辰
只有斜阳系缆的余响，动了河岸的翅膀
淋漓成沧海，掠过王朝的几重背影

我是公元前最后到来的去客和归人
踯躅着魏晋的奢侈，一步步被马踩醒
河水早已不宽了，沉浮的还是芸芸

听听那慢水，剧情悠悠却逐渐黯淡
记不住哪一条波纹是旧时颜色
绿洲在河心断流，提着干裂的日子逃亡
泥沙匍匐着明日的一千个故事
在陶罐里爬满皱褶，把偈语扔进地下
只留下一句：开封开封，何日开封

历史是个黑漆漆的名字，等待黄河洗清
战栗和性感永远是风的两座暗哨
河里汹涌而出的，除了鸿蒙还是鸿蒙

河流匆匆，点滴有时比风还要快
但只以一种速度演绎世界，然后飘远
跟在岁月背后堆砌日子，把梦的叶片削去
知交半零落蕴藏着太多风韵而无法变老
山不昧水不昧，等风的旗照样不昧
命运就是一场河殇，戛然而止在最后一刻

黄河最终是没有密码的，唯有酒能洗濯
流淌是一场轮回，波光是一片影壁
无法弄清来路的荡漾，只能从时间坠落

2017 年 9 月 19 日

赣州俯仰

我是深一脚浅一脚登上这座古城墙
不可以太大步，大步流星就踩不到经脉
也不可以颠碎步，步一碎就容易吵醒烟尘
南宋在这里没有密码了，只留下一座琴
城砖有回声，垛口是一列弹奏千年的琴键
轻轻一按，所有的音符都被敲出霜冷长河

章江和贡江在这里完成文字最终的交合
只加了个"文"，"赣"字就变得奢华异常
人文不必都要有王朝的背影，只要行者无疆

郁孤台披戴着稼轩的身影，此去经年
蓦然回首的那人，早已不在灯火阑珊处
我没有记住哪一条波纹属于萧萧雨雪
只记得那台上有时间有叹息还有千年望断
我把目光轻轻甩向江心，用云朵打捞历史
捞出一句昨日的疑问：郁孤郁孤，何时不孤

古城墙把南宋蔚在梦里，沉入芬馥的晦朔
被白昼喂养的月亮永远是夜晚的珊瑚绒
擦拭着多年前的那些鏖战，编织壮怀激烈

在古城墙的另一端，我摸到一座八境台
东坡的"虔州八境图"今何在？问章贡奔流
山水不照人不照古也不照今，只照薄暮
眼前有孤舟一叶，不住地点拨江面
历史有时就是捉迷藏，不见首也不见尾
但只要轻轻一戳，那些演绎就会缓缓浮出

浮桥是贡江上最后一列没有失声的琴键
只唱给失眠的古城墙听。我终于明白
那些亭榭为什么叫作"台"？因为有俯仰

2017 年 11 月 12 日于赣州

在北方种植自己

这个国家的北边土地坚硬得像土地
在路与路之间迷失，荒废一大片呓语
汾酒茂密竹叶青离散，我喝不了
一位博士说喝这酒会想女人
我想了半天都没想起来酒里会有谁
他说大同的女人就藏在里头

目光如树，无声地躲入参天
我浪了半辈子虚名，只留下一片走过
把自己种植在北方吧，比如山西
一定不会有人把我从吕梁或太行拔出
就像小时候在南方玩过的水一样
波消失了，纹也不会轻易地散去

于是，我决定躲到山西研究晋商
晋商是一棵一棵布满皱纹的树
树上挂满远年的票号，我依次喊着
平遥日升昌和祁县乔家大院的名字
不小心就坐在一口水缸里埋没自己
我从水缸里爬出，就爬到一棵树结束
中间被种植的那些岁月还会在吗
我摸了半天，摸到几片苍老的树叶

2017 年 8 月 18 日

从北京到太原

没有日光，高铁像北方的一根麦穗
以弯腰的姿势匍匐着，驮着我
往日没有重现，一切都还陌生
我坐在去年的窗前
用目光收割今年的旅程

去年窗前掠过的村庄
喊出了今年的夏天
伸手摸去，是一只明年的电话
光阴沉沉睡去，时间拐了个弯
途经石家庄和阳泉，太原不远了
我的手离昨夜的北京却很远
我还是伸出来，抖掉一点雾霾
把一串电话号码记在车窗上

2017 年 8 月 18 日

平遥问答

平遥有间小院落，像我的桑梓地
我坐在那里啃着一枚李子
听两位推漆的姑娘在说：
你想嫁吗？不管我们哪个先嫁了
一定不要离开平遥，一离开
平遥就会哭的，我也会站在城墙上
哭倒它，然后用墙砖埋了自己

2017 年 8 月 18 日

晋祠难老泉

一注水从我身后流出，照亮我
我悄悄地在抱怨
她为什么一直那么年轻
有人在泼水，溅得我面目全非
这样就会难老吗？去问晋祠

雨丝在我身后缓缓熄灭
突然的亮，一下子跌入水中
我惊惧地看着倒影
用眼神捞起一枚几十年前的硬币

2017 年 8 月 18 日

雨中五台山

五台山的雨不像雨，像一群逗号
撩不够这里的善男信女
有人提示要把香举过头顶
我说这样就可以画上句号了吧
他说明年还得来还愿，今天只是个逗号
我像是看到北方腹部大片的盐碱地
庄稼正在努力地拔节，没有零星与散落
那些与生命有关的措辞还在扬花

我把一个祈愿种在这里
趁机膜拜一下正在拐弯的雨
亘古不变的依旧是信仰和生死
没有多余的你也没有多余的我

2017 年 8 月 18 日

三 都 澳

海把我抬起，山就矮了下去
三都澳盛产浪花以及黄鱼
举着相机的人寻找走失的垂钓者
镜头里装满被风搓碎的远眺

浪是压城的厉兵，白云正在秣马
所有的逶迤都在枕戈待旦
波澜一直被大海透支，卷来又卷走
烈日像雷霆般滚过鱼排
海浪盖上一个邮戳：中国，三都澳
一滴海水跃上我的草帽沿
落下，炸裂半船阳光

岛上有海关税务司旧址，苍老如梦
百叶窗旋出几截残存的树桩
焦炭或时间的灰烬早已湮灭
我在那些间隙努力辨认一种风度
回到过去，无论闭关还是通关
都守不住王朝的急速崩塌
多年前那位税务司走过的小径
还能诠释一代繁华或一世蛮荒吗
海在岛外拔节，脊刺不断起伏

鱼尾生动的，一定是这一座不沉的山
一寸一寸抬高自己的海拔

我在三都澳寻找我的序曲和嘴唇
寻找千百年来那条漏网的鱼
以及漏洞的真理，只留下一行目录
浪花其实就是海的衣冠冢
拥有衣冠的海还会拥有蓝吗
终于，我在镜头里看到
三都澳的蓝是被幽会出来的
要么澎湃要么平静

2018 年 8 月 5 日

天下西湖

漆，被雨刷上天空，天下
居然有了这个西湖。我听见
整个魏晋都在喊我，除了竹林七贤
还有那一摞脱胎，放牧十里以外的风

脱了胎的桌子和镇纸用一袭体香诱惑我
巴洛克建筑和巴哈的音乐像云和珊瑚
罩住一批不老的情欲，远古被抖成羽毛
我趴在南方雪里把梦撬开，然后连根拔起

沈绍安摘下远年的笑容，抛向乔十光
像一滴雨珠挽住了，另一滴雨珠
白天用夜色抵近我，留下一丝萧萧倾城
我不敢在这里赞美深夜，因为有光

天下西湖如同天下无贼般安静无语
只有树杈纷纷举手发言质问，我的心事
我只好让目光扭动腰肢，侧身躲雨
突然有一声爆裂扯开时间和记忆的文胸

一位漆画家站在汉字下面，手里捏住
没有漏风的修辞像，雨钉入湖水那样严密

我心里暗藏一把刷子，鬃毛早已脱落
那就再脱个胎，为一场远去的虚构修身

2017 年 3 月 9 日

西湖断桥

唯一的信仰，以及爱
锁定在断桥，不见残雪
只能轻步踱过，怕惊扰一千条水

湖心有灯影拨响的桨声
有比夜晚更安静的滑行和洋溢
一个男人蹲着马步，抓取
白娘子最后的一袭梦幻，企图
把三十年前的空白，一并补回来

除了湖水，夜空也是用来泛滥的
堤岸绵延，却放不进其他的明亮
生成脂粉的柳浪闻莺一掠而过
三潭印月还在等候小青归来

这里有长恨歌和恻隐之心
举起混沌未凿的暗香，擦拭隐痛
再为断桥煮一壶龙井古茶

2019 年 5 月 22 日

温州夜色

从杭州到温州，只点个逗号
天一角就跳出一片帆

视野从帆影里渐渐浮现
法拉利咆哮着城市的疯狂
夜色隐藏一支浸泡经年的魔幻

南塘滑过江心屿的喘息
白鹿洲剩下一朵云，被抛入瓯江
即便是无限接近，也要向明月取火
把那一片水和所有的故事照亮

一个眼神忧郁的男人路过，在
那片比栀子花还要轻薄的身体里
注入一盅酒，饮下雁荡山的第一行

2019 年 5 月 22 日

飞抵墨尔本

飞机降落时我看见了另一架飞机
毫无预兆，那朵云在我到达时缓缓飞升
视线被阳光切断在跑道中间
我只能看着我的兄弟不断跃起
我的降落抬起了一座城市的海拔
你的起飞压低了山的高度
墨尔本很简单，轻轻闯入我的视线
异乡的辽阔还能装下一只候鸟吗
那张地图开始填上我的姓名
并增加一点预想中的斤两

2018年9月22日于墨尔本

澳洲——我的雪

我的母国正在烫熟，这里却有雪
雪拉着车轮，我想起了速度和命运
滑雪板、雪橇，在那里腾挪吞吐
只有风拽紧外孙女以及二度怀孕的女儿
我拽不住自己，像一枚落败的果实
难以被捡拾，也难以被互相倾诉

我爱那个雪场，爱手里拽住的那把雪
那是我的雪，适合在这里隐居
从小木屋的窗户可以看到闪躲的雪
有个女孩在雪地里向我微笑和招手
她的眼里种着南半球的一丛灌木
正在投入屋里熊熊燃烧的壁炉

窗外的景色，对我来说太白皙了
如同女孩白色的双臂和白色的身体
我是一支笛子，被气流裹挟而鼓满
只有一团黑影似的回声，照耀着
她将留在这里，而我将不得不离开
没有什么不会老，济慈的诗终究会寂寞

坐在雪橇上，雪的吞吐离我咫尺之内

眼前是一片未知的苍茫，我只能踩着光
我把自己从雪中抽出，跌入终点
像钝刀沉稳而缓慢地划过雪的肉体
我试图在这里望见南极洲，结果
只看到两个澳洲女人令人晕眩的形体

我的雪无声地降落澳洲。目击道存——
庄子一直给了我一个"无"的位置
雪能闪烁她的美，奏鸣曲也能被踩空
而风的宁静却不可能被风所表达
雪天是仁厚的，虽然我是千人中的一面
但我会在速度中安排一种更好的命运

             2019 年 7 月 7 日于墨尔本

大海比我想象的要澎湃一些

大海是地球的冒险者，装满太多的暗算
它扔出一枚旭日，又收回一轮落日
天狗根本不是它的对手，只能被海绊倒

多少年来，我一直在寻找海的乳名
但我找不到切入口去咬定这个昆士兰
我只知道，它比我想象的要澎湃一些

黄金海岸如同少妇昨夜里失身的潮
蓝色的词语上下翻飞，穿过风的缝隙
我不断燃烧修辞，把一杯消逝倾过头顶

大海，我可以用大海熄灭所有的潮汐
包括鱼类和海藻，以及海鸥尖细的求偶
这个世界能够规范秩序的，大概只有海子

海子的面朝大海早已失孤，却能湿透太阳
赤道以南的春暖花开总是那样闪烁其词
这座大海的美学是迷茫的，它是天的影子

我想倾斜一下它，让它成为天的镜子
能照见浪花将浪花的往事一网打尽
再去照出比我想象的要澎湃一些的景深

2018 年 10 月 3 日于墨尔本

昆士兰，我的大学

校园在视界里轻轻划过，不断释放影子
盯着那块校牌，我想可能会在这里失身

海把布里斯班种植在昆士兰
连同这所大学所有安静的呼吸
挟一道黄金海岸的心跳，我检验我的美学

回廊外，悬铸着名教授的头像雕塑
那一列长长的俯视没有辈序之分
我听到他们激烈的争辩，咬住这个午后

我的镜头闯入一片婚纱，缭乱了蓝花楹
他们把下一代所有的诺言都交给大学
我开始辨别各种家族，包括教授的讲义
那片草坪长出绿色的字符，溢出镜框
这里没有异乡，只有赤道以南相反的季节

我要在这里多待片刻，就为了那一行
在我身体里行走的诗句，我想把它
钉在昆士兰，让我的告别有不忍的皱褶

一片落叶丢在跟前，像风中失语的掌纹
我默默地想，是否有一堂属于我的课

2018 年 10 月 2 日于墨尔本

澳洲奶爸

澳洲盛产奶爸，各色人等都有
但绝不是娘炮的那种
他们抱着婴儿游泳，像袋鼠蹦跶的节奏
在维多利亚自由的漩涡里沉浮
我看见鱼和龙虾在舞蹈，在追捕
一道太阳的喉结以及锁骨
我听不懂那些语言，但认识声线
于是我扣住扳机般的快门
焦急等待着某一个柔软的时刻
一群奶爸的目光四处睃巡
用声音覆盖声音，像单曲循环
不断驱使水下和水上奔跑的纹路
我放手拣起几个修辞
扎进那些注视，修正一下喊叫的浪花

2018 年 9 月 22 日于墨尔本

右 舵 车

一直不习惯澳洲的右舵车
坐在左边，我的想象力不断被解构
这个国家一定有狂傲的潮汐
不仅左右错位，而且南北颠倒
越向南方就变得越冷
那个叫北领地的达尔文据说很热
我在飞机上看了半天地图
终于看清赤道原来是地球的风火墙
分割了季节的辈分和程序
其实地球没有高下之分，也没有花开花落
时差和语言不过是各自的胎记
只有诗的掌纹，能够勾兑彼此的远方

2018 年 9 月 22 日于墨尔本

呼吸澳门

澳门是一张调皮的嘴
努起一片微澜
我想从她身体里
取走流水，以及没做完的梦
然后拧开她的眼神，寄存在
那个叫水塘的地方

反复置换的表情
被筹码和呼吸掠夺
澳门其实很静默，她只向着夜
那里有光
还有跳跃的边缘

澳门仰慕一个海
潮水不断后退、细碎
只有附体的姓氏
一笔一画地从罅隙里
挖出国家的一片锁骨

2018 年 10 月 29 日

澳门，澳门

澳门是一部悬疑小说
我不断翻开它，像翻开狮子的眼皮
美人不迟暮，鸿儒没有谈笑
定音鼓"咚"的一声，敲醒了澳门

诱惑和陷阱都幽居在万花筒里
一并发出响亮而急促的鼾声
没有色盲，只有喷火的眼睛
玫瑰不会种在我的诗句里
雨水一洒落地面，都摔成筹码
捡一根葛藤，就能捞起十万匹叹息
其实我也在喘气，像飘落的草鹭
躲到一所大学里歇脚，质疑的目光
盯着一棵站立得太久的树，看它
在雨中和通往意义的路上奔跑

没有什么能够遮挡过于强烈的光束
窗户掩埋着风和变数的遗容
布满血丝的月光不断制造悬疑
走在街上，看谁都像是杀过狮子的人
永远都是此刻，此刻只剩下骨架
爬上语言的塔尖，我摸不着思想

只好触碰一下天空和星星
觉得那里才是宽阔的
并且没有孤独和无意义

其实不要说什么迷途知返
所有倦鸟都明白夜归和林中路
处处是青纱帐，人人都在运筹帷幄
摸一摸口袋，还有几分踌躇几分失重
以及几分俘获回来的梦魇

我不垂怜这里的任何一丝绝望
就像在高空上无法丈量每一寸飞升
即便子弹可以呼啸出今夜的悬疑
也应该去膜拜命运的关捩
膜拜那座远年的大三巴牌坊
膜拜那些杀过狮子的人……

2018 年 4 月 26 日于澳门

厦门一日

冷不丁　眼角被砸了一下
凤凰花含着风声啼叫　半零落
想起雨的返航　以及蝴蝶的振翅

世茂双子星　吸饱大海的基因
翻晒的睫毛挂满门的心跳
骷髅般赴一场生命伦理的答辩

时间被搬空　把今日一遍遍揉碎
梦裸露出灰烬　臂弯随时醒着
每一棵凤凰树都扛着师太们的词

捧一册洛丽塔去寻找绚丽
一片花瓣有时比吻还要鲜艳
我　把眉梢抬起一副太极

花在翻飞　锁住初夏的回响
这个季节的谜底有蝉鸣在滑翔
厦门　就匍匐在那些蕊和声音下面

白鹭是被修饰过的远古的幽灵
明艳的一跃　最后被诗接住

像一场渴望已久的拥抱　凌霄

谁在紧贴潮水　蓝透鼓浪屿的帆
轻轻一拨　日光岩就比世界高出一寸
长满精致的茸毛　卷曲出十万架钢琴

五缘湾能够挽住大海吗　没有彼岸
演武桥的长喙叼起环岛路的典籍
与五老峰对樽　一口饮尽浪花的倒影

2018 年 6 月 5 日

母校，时间的小路

昨日在厦大校园，我遇到我的同学
还是那座芙蓉二，还是那条小路
小路已经铺满石板，但灰尘还在
当年的笑声还在，脚印还在

睡在我上铺的兄弟，继续在那里跺脚
那是当年他为女友系鞋带的地方
我记住他的诗：你是白天我是黑夜
昨日的阳光，消弭了所有的过错

黑天鹅是芙蓉湖游动的神，目光暧昧
红掌拨乱一汪水面，像当年老师的讲义
颂恩楼打量着陌生的我们，挂满疑问
老同学重温《凤凰涅槃》，方言不断失身

三十八度春风，没有一个时间拒绝我们
校园永远是轻的，轻得可以让我们抱住
我找出当年女同学的那一张合影
突然变成一座寓言，秒杀我的视觉

久别的面孔，被光阴捶打出成熟
我始终混沌着我的经年和我的混沌

生命之重，尚未凋零尚未失去记忆
四月的太阳有些明亮，也有些潦草

浑然不觉，我已经老了，记不起初恋
我和睡在上铺的兄弟在芙蓉二留影
摘一朵木棉，把遗忘留在那里
为了今后忘却的纪念，抬高期待

因为风的缘故，绿色渐渐爬过来
情牵一线，什么都无法避开
口袋里还存放着鲁迅和屈原的利息
想再次坐回教室，聆听远年的那道空气

再见了母校，再见了那场揪心的初恋
不要说初恋时，我们不懂得爱情
在雏菊尚未全部凋零之前，他们来了
回到从前，在涂鸦墙上再度牵手

来不及疯狂，岁月就已经洞成隧道
赶紧发怒发恨，找回那条昔日的鞋带
再系一回，即便那盏灯已经熄灭
但爱还在，因为你依然是那一团火

2018 年 3 月 24 日

沙 坡 尾

海风折叠起一条马路
沙坡尾撒下一挂法语的网
絮絮叨叨地飘着
像未央的花絮，缓缓散去
诗句被钓入杯中，很慢

萨特和波伏娃出没的地方
也不过如此，喝着一种未完成
任何的若无其事都是故事
醉意在搬运醉意，光正在拐弯

散尾葵准备出海，携一副眼镜
回忆一定是回忆者的前夜
把一支轻爵士刻在酒杯，带着
夜的绯红，在沙坡尾涂鸦
遽然划过的，还是那晚的巴黎

2018 年 3 月 31 日

灵 璧 纪

其实不必卷过黄河的风，落日也会凉
那块磐石藏了多少声音？只有烽烟附体
一不小心就碰响了格栅下的十个纪年
才明白被鹰眼照亮的星光有一颗空洞的心

背着远山的神话从千仞崖壁飘然跃出
我的诗的落差逐渐幽深，并开始走神
轻轻一击，周穆王就晕眩在滴血的甲骨上
所有的长短调都从这十六根键位疾飞

所谓的山峰不过是一堆呼啸的泥丸
即便孤独有多少种颜色，都能接通云雾
一幕雨就可以淋湿河床和青苔的打盹
石头还是石头，唱歌的终究是暗夜的敲门

一直想在那里寻找到周朝和魏晋的卷轴
把黄昏一带的事情剥离出石头的口谕
走过经年，那些途中的真相早被天空默诵
声音咬住声音，每一场变奏都有一张空蒙

此时的石头一定是我嵌入蜿蜒的荣耀
未完成的谱牒，站在灵岩之上为风鸣琴

就像敦煌站在芦苇丛中拉扯经卷和袈裟
推门而入，燃灯人正挽住马匹从容踱出

泥醉的李白敲醒东坡的酣睡，醍醐来了
用黄河这一瓶水洗濯灵璧最后的密码
暮色里有一只鸟衣袂飘飞，在这里打尖
还能守住这朵声音吗？只有等待邂逅

2018 年 6 月 11 日

一路长海

春光里，一声召唤响在遽然之处
时间是一路长海，拍遍十万叠栏杆
贝壳幽冥，蜕变的蚌握住一种疼
伸出盐粒般的头，打探海的消息

那时花开，四处寻找一把年轻的桨
临海的飘窗已经被语词遮蔽
来不及融化的薄暮，渐次吞噬潮汐
落日之网捞起一千座远方，以及蹉跎

耳边有树、飞鸟和白云的回声
像协奏曲涨满，奢谈明天的旋律
那支弑神之歌裹挟着岸的葱茏
风原来是可以被腰封的，等待坐忘

无论选择浮尘还是落叶，它们都是
钢琴的黑白键，为起伏的音符擦亮名字
在肖邦的笺谱上印入长海最后的快板
不落雪泥，留下指尖敲出一路鸿蒙

2018 年 4 月 9 日

第一次乘坐福州地铁

体检之后，不经意走到地铁站
未经许可的潜入，在地下放大我的影子
一堆陌生的面孔编织着陌生
检索一下，谁的眼神像锋利的刀子

从南门到屏山，只有两个站
短暂的游走会留下什么记忆
下车后，我妹妹在另一节车厢看到我
我没看见，我的诗留下，远方走了

地铁不会从这座城走到另一座城
你前往的，永远是你的这一天这一夜
地铁里的风是灰色的，甚至有点涩
和光同尘，在这里是最难把握的

我有点失忆，背上的光来自哪里
选择出站口，我的环顾异常模糊
端着一张孤独的脸孔，我变得来历不明
我想交出多余的时间，然后才能冷静

出口走到钱塘小学，找回少时的仪式
我想告诉北朝的庾信，今天的水没有受伤

至于以后的地铁记忆，就交给面膜吧
大概只有女人，懂得脸谱才是远方

2019 年 1 月 5 日

洪山老桥

一座毁弃的熟悉的老桥
记忆残破，住满破败的桥墩

漫水将往日一波一波推来
远方却让一些旧事不断变暗

重新打开时刻，已是落口黄昏
桥墩像黯淡的城堡，有幽光射出

曾经骑车在桥上叮当滚过
听桥下失节的浪花在瞬间失身

头顶的积云闪烁着旧日的回忆
昨日逐渐老去，今天还在磨损

2019 年 2 月 19 日

梅花一弄

一弄就够了。三瓣或许两瓣
为什么寻找一个影子
要去弄梅，要去仰望树上的一切
期待就是一场游弋
其实那个影子就在马路对面
像车辆驶过那样寻常

也许，直到夜色降临
你才会明白，杏仁
是千里之遥的一种苦

我就在那个影子后面

2019 年 1 月 13 日

渡　口

抱着一本策兰的诗，寻找一座渡口
把诗里那个延长音加个后缀
有茶在煮我，嘴唇是我唯一的渡

我从来没觉得风是散的，像流沙
只有茶才是纯粹的，时时摆渡着我
一切都从灵魂涌起，在长夜熄灭

时光是徒劳的，只有爱在延续
无处安放的意志都会有自己的渡口
除了激情，任何破碎都可以被指出

大海的全部阴阳都藏在一枚贝壳里
渡口就成为捡拾希望的最大欲望
我与世界的联系，也许就在一个提醒

渡口可以用来告别，如同拭泪而去
当虚无变成现实，我就可以说出词语
即便羞于再燃烧，也要甘做一块煤渣

明天的思想会不会比水藏得更深
我必须杀掉一个悬浮，尝试一种沉沦
再去寻找一座渡口，度出我的泅渡

2019 年 3 月 12 日

我的入海口

梦里有人告诉我：每个人都有入海口
我唯有轻烟锁在水云间，一苇渡江
忽略了前半生的一些虚无，我才醒来

阳光其实很薄，就像秋末的薄凉
尘埃带着我一起飞翔，只留下静默
我躺在档案里，等待着一个入海口

在海子和顾城的诗句里寻找顿悟
把北岛和舒婷的语词兑换成利息
我像一件丢在水池里的衣服等待淘洗

结果我写不出哪怕是一句话的诗
就被那些宏大的论文填入海中
一沉到底吗？浑身飘浮着语言的羽翼

我的入海口注定要锁在南墙之下
诗与我只隔着一条结冰的河
等待一声撞击，也许有鹰会徐徐落下

2018 年 12 月 2 日

寻找一间教室

在厦门大学校园，我寻找一间教室
寻找那些旧了的声音，以及青春
这个夜，风像威士忌四处滑行
教室里还坐着一位很隐秘的女生
雨点如同插画，被一把红雨伞缭乱
雨伞就站在不远处，雪茄般幽深
我有些慵懒，匆匆拍了几张灰暗的照片

在这里我想预谋一次心动，却无法怦然
只有一点风一点雨从目光的扣眼穿过
耳边那一片葳蕤的法语盖住了沙砾
沙砾是我的自由，是一条犬儒的欲念
教室的密码究竟破译了屈原还是蔡文姬

记得同桌的女同学甩头发的姿势很销魂
其实没有什么能够被青涩的爱射穿
未解构的心跳，隐藏着阳光的裂痕
微醺的爱情是一把青春的小红伞
撑开时像句号，收了时是个惊叹号
采薇采薇，有哪位佳人在水一方
老教授瑟瑟的手，紧紧握住了李清照
一位兄弟早就把那场挽歌式的喟叹

停泊在某个夜的天空，却又无处安放

无处泊放的雨终于摇滚人间，去游冥冥
法语没有泛滥，依然匍匐在教室外面
我想关闭这个夜空，结果屈服于伞
屈居伞之下，要比屈服于凛冽更加《离骚》
就像课堂上的屈子，行吟出一列《九歌》
法语的那双调皮的睫毛还会有霜吗
这间老教室，原来就是我要预约的《天问》

2018 年 5 月 10 日

书局里的废名

昨晚我赶来时，门已经打哈欠
只好打量下四周惺忪的路灯
书退回内心，没有人会安静地离开
隔着玻璃窗，远远看到一本书睡着了
那些姿势让我膜拜：书架驮着它
地板驮着书架，高楼用不沉的声音
驮着地板的喘息。江水驮着我的背影
向不知名的远方流去，不舍昼夜

今天我终于能够坐在那里，翻阅废名
翻阅这本诗集《我认得人类的寂寞》
仿佛很遥远，又像在头顶无声地飘着
这位写小说的诗人让一群诗人叹息
他发现自己起皱的脸上，道道像韵脚
其实他是不押韵的，只把失忆押住

多少年来我一直不敢触碰和想象废名
他的词语很简单，简单里藏着诡异
我想拆卸那些词，但一拆就散架
想了很久很久，我决定不懂装懂
把眼里的那道废名，扒开一个口子
读出几句废了的诗句，再交给废名

废名蹲在书局里看着我裁剪废名
如同昨夜我在那里留下短暂的喟叹
其实擦亮一个废名的名字比诠释重要
因为只有他能够认得人类的寂寞

我必须原谅书局带着废名入眠
十万亩鼾声，是人类不寂寞的梦境
从春天到夏天，无数诗句吻醉了浦江
盛产浪漫锁骨的地方，还差我这一句吗
那些相拥的男女在水的倒影里辨别芳唇
却没有让废名看到不废的江流之名
诗拍打了我的一夜，有候鸟扎入江心
回望书局，那一片璀璨就像散开的书页

2018 年 5 月 14 日

记忆的切片

——致书房

我的记忆是一块石，一块没涂完的画布
有时是一堆未燃尽的煤和烈焰的余烬
谁都不能撩拨它，因为它随时可能复燃
记忆已经走得很远，遗忘就在身边
把沉睡的历史读出一列不朽的切片
让哲学依旧藏着密集旷野和阐释的拳头
不敢读文学，那里有太多沉重的肉身
还有碎裂的掌纹、各种疼痛的收获
书架上诱人的热闹像打通的关节
茶汤一次次倾覆，缝合结痂的岁月
头顶的阳光棚战马嘶鸣，韩信点兵
金色的阴影里，有我辨认不出的雨滴

我在风的喉结中寻找白茫的夜以及冻土
习惯于颠倒，沉入酒杯里迷人的质量
一种源于希腊的爱情被溶入酣睡的盐
凝成秩序的词，一片一片加冕了桅杆
该再去辨认什么吧？海不断在低沉
但速度不减，激情不减，穿过我的呼吸
顺手抓起一本书，里面是致命的战争
有帆有荷马，不经意地被我的记忆碰伤

这个冬天我突然认出罗马书和水晶鞋
一个帝国的呼号沉没在黑色的水里
我的记忆是书房的煤，随时都在燃烧
我听到奥维德和沃罗涅什都在说：我在
他们有别于坠落之物，如雾气那样升腾
风的遗址是斑斓的，世界史开始咆哮
记忆绕过臂弯，成为水里膨胀的木头
它没有变成煤，但我的火塘继续被点亮
也许，有一天我会把那双水晶鞋脱掉
擦拭下记忆垂下的那座藤蔓和乳名

2019 年 1 月 20 日

排 练 场

我在一场排练中
从一袭紫红色的汉服背后
找到那支春，以及"欸乃"这个词
音符婀娜，像夜色廊桥上的霓虹
安静得可以听到蚂蚁的鼾声

其实我一直在别处
在离开排练场很远的地方
像循迹山水，梦幻般倏忽一过
为一种美丽的接近，铺开茶席
繁盛的音节，骈俪出一千遍销魂
那里有眉目传情，有手舞足蹈
还有调皮的匍匐不住的表情

我只在乎一座闲庭，十万山水
在乎那只读过宋词的白鹭
拈出草茎的羽毛，解缆在雨后
春暖花开是一张面朝大海的床
未央就躺在那里，牵出塞纳河的遗梦

终于，我等到那支久违的爵士鼓
加入风中的萨克斯、长笛和圆号
旋出萨特和策兰，以及喷淋似的醍醐

2018 年 4 月 13 日

西厢又记

一部《西厢》，剪碎一地冷香
沉醉始终是迟疑地，露华却正好

看孤蝶将心事梳进春妆，有些软
樱花梦里有水袖，却失去故事的结尾

突然的一次呼吸就老了，蛰进"西厢"
终于明白瞬息也会让一个人存在

我的忘记有时是一种幻化的隐喻
就像花瓣在午间跌入失言的泥土

意识还能转向吗？在"西厢"继续迟疑
哪怕是一道片刻，我也相信是真的

                    2019 年 2 月 19 日

行　宫

站在路口，打量一座隐在深处的行宫
十年前的一个记忆。那时的岁月很柔软
一杯酒就会碰出一种不朽，然后
杵在日历的修辞后面，默默欣赏背影

暂时无法抵达的相识，只能轻轻目送
直到一场婚礼像社戏那样抬起行宫
才想起陌生原来是可以驯服的
一幅完成的高挑，就挂在旭日胸前

词语不断地被擦亮，时间只能用来聚散
遥远的故乡变成一枚卧底的邮票
没有邮戳没有日志也没有归期
行宫原来就是行走的生命，不说别离

一纸而立的证书悄悄抵达花前
行宫有了草莓红的命名，不耽于情怀
长发飘飘潜藏着一阕宋朝的小令
韵脚是唐朝遗落下来的，垫在夜之上

雁南飞，行宫在帝都完成一场落脚
迁徙是日夜兼程南来北往的流淌

花落究竟何处？南方的诗和北方的论文
交头接耳，每一个墙角都在等待承欢

2017 年 3 月 10 日

命 名

一场雨的雄辩

听雨一日　像爱森纳赫的乐音
把鲁特琴的全部忧伤　拖入薄暮
惊蛰渐渐香消玉殒　紫薇爬满花窗
我的头顶已经不见茂盛的雄辩
梦的领空盘旋着一堆欧洲的思想

紫薇一定是东方小院里的怀人
挂在院墙上　酷似波西米亚的皇冠
我把一首管风琴的吟唱拽出云端
有人告诉我　奥芬巴赫的音乐已经受孕
那是前世的月光　被美慧的索菲王后点亮

其实杨贵妃的风姿更加雍容华贵
甚至比莫扎特的《伊多美诺》还要撩人
在华清池和罗马帝皇的浴室之间徘徊
我宁愿退回唐朝　盛一杯遥不可及的遐想
牧歌还在云里　等待明日的一片空翠

但每一滴雨都在远行的路上　恍若跫音
我终于理解勃拉姆斯为什么会为情所困
过气的香味早就不属于法兰克尼亚了
只有把霍夫曼最浪漫的歌吟慢慢发酵

牵着马背上的拿破仑　去拜见黑格尔

雨很哲学　闪耀着每个人的雄辩
被惊蛰叫醒的　除了圣婴就是夜莺
我能读懂《圣经》以外的任何一句吗
打开维多利亚女王那件风情万种的大衣
莎士比亚原来就在里面躲雨　黄昏降临

夜雨是词语的梯子　如同圣歌轻轻落下
空气依然充满微笑　化尘为水　无沉湎
普鲁士的威廉还在那座古堡里侧耳聆听
福格尔魏德的牧歌　盛满莱茵河的梦
把日耳曼所有的忧思　颠倒在流径

我想我该给这一场雨重新命名
像德拉克洛瓦打翻调色板去补偿昨日
这个世界没有什么能够比倾听更有节奏
那只图奥内拉的天鹅正在渡过黑水河
被天使托举的幸福　终究是无边的神圣

2018 年 3 月 15 日

碎瓷苍茫

一片碎瓷，划出一道血色黄昏
记忆跌落在新现象学里，像忘记我
这个日子可以喊来茶马、芒鞋以及思维
思维不是平凉之境，它衔着爝火
仿佛玄奘西行，让一部《诗经》跋涉古今
思维其实就是那片泌出江山的碎瓷
无论远赴长安，还是游走帝国
都会被唐朝那一枚月亮浣洗

《山海经》一定是哲学最早的沉默
美人去了哪儿？只留下赤子和香草
我把雨砍成一摞春秋战国的柴薪
相信了那一场承受，然后去看《天工开物》
年轻的母亲带着她的胖妞去扎针
一声啼哭，就贲张了十座丹霞的血脉
思维从来是从婴儿的疼痛开始
平淡得犹如清晨的雾，逐一踱出般若

遇到了一扇门。离天三尺有灯笼归家
看见思维正在挥舞手势，想进入我的诗
我坚定地认为思维就是一种刹那
青蛙无论怎样喧哗，都只是一场渲染

只有思维可以被诗句拧干，像暗夜修行
写诗的日子里所有字眼都是我的乳名
一个标点就可以解开一座江山
再遥远的天涯，都有雨在丛聚或躬行
我不得不侧立一旁，任思维苍茫

不去呼唤任何名字，只让碎瓷说出清白
秋天就要来临，我还有经卷必须濡墨
八月的事情只能让薄雾慢慢吹远
我该返回比碎瓷更高的记忆，以及悬念
或者让所有私语都化成风的思维
裂变、虚张、灵隐，为了最后的澄澈
每一种苍茫都是思维渐近的初心
如同每一粒缓行的沙，悄然走进海里
让所有的夜都简单，回到碎瓷最早的影

2019 年 8 月 27 日

傍晚的和声

半　夏

半夏如果只是中药名，那就不是半夏
就像一说到"过去"，这个词便显得不安
当初夏还在蝶翅上扑闪着湿润和疑问
雨水开始懒散，如同一汪清浅的小秘密

我有点害怕夏天来临，只能沉入半夏
牵着我的小狗，去见一个捕捉敌意的人
这座城市只有斑驳，没有深远之域
暮色嗅着行踪，噪声在耳际溅起泡沫

我在一个人的眼神里发现了半夏
披挂一袭长裙，站在草石之间喊雨
眼里有廊桥遗梦，却被人偷拍出迷离
暗影比眉目更加传情，我想制造酒

半夏是一堆柴薪，浮起风与火的宗教
只要身姿不变，站着就是一座燃烧
所有时间都长到一起，火焰跟踪火焰
目光击穿那身蓝调，回到我的空白

2018 年 4 月 17 日

醒　山

把一盏茶叫作"醒山"，那是我要见的人
一转身，他带着故事消失在浓雾之中
山还在原来的地方，水却罂粟般辗过
所有质感都嘹亮得像瓷器，我有点闪烁

茶水匍匐着微澜，吹出一种意志的尾音
那个调子会弄疼十万个词，吻伤太阳
月光失去重量，只有枝杈在我的夜穿过
"醒山"是明天要做的事，思想充满劫数

山是无言之翼，看上去很美也很不朽
水在我的诗里拐弯，山进入我的血
其实我只想回到山里回到一滴安静的水
把我的立锥之地，钉上一座轻盈的锚

倒悬起茶壶，摘下一朵远方去唤山唤水
那个潮汛一经析出，暗香会让人出走
突然看到永嘉的谢灵运正在为李白摩顶
那句"且从康乐寻山水"，还能惊醒我吗

2018 年 4 月 18 日

旗 袍 秀

线条是雨丝的飘落，没有裂帛和断痕
目光走秀，鞭打着雕刻成永恒的瞬间

一袭优雅，就足够击败男神的重金属
春天是不安的，时光藏匿体内的魔鬼

雨季比花季来得要快一些，茶在奔跑
有谁长发及腰，梳理着未命名的今日

握住茶盅，一直无法瞄准飘忽的准星
任何一种飘过，都会砸伤男人的眼睛

神盗走树枝的语言，色彩全部被绊倒
梦境如果能够吊起，一定有暗香浮动

世界其实只有一个影子，那就是风行
春天永远无法成熟，一切像单曲循环

这首十四行诗扣在扳机上，一触即发
美貌造就喘息，不小心就在这里迷失

2017 年 4 月 20 日

第三辑 命名

123

脸，身体的灵魂

我预订一张脸，去赶了一场婚礼
海顿过于修长，布鲁克纳太圆润
舒伯特才比较纯净，像今夜的新娘
在门德尔松的蜿蜒中父亲交出了耳语
说得很慢很慢，玫瑰茶也喝得很慢很慢
只有维特根斯坦把哲学写到了天际
他轻轻地说：脸是身体的灵魂

脸是身体的灵魂吗？我在婚礼上寻找答案
身边坐着一群教授和博士，让我沉溺莫名
思维被那些早期残缺的词紧紧粘住
比如常春藤、橡树和棕榈，比如蚀骨
新郎的父亲在台上用广告语煽情
我才明白婚礼原来也是婚姻的一张脸

婚礼的姿势就是一次神的出走和刷脸
老教授的证婚词很哲学但纵横分明
我不敢用力呼吸，只是用力睁开眼界
眼皮底下只有酒能证明我的脸还在
我继续寻找另一张脸，一张婚姻的脸
有人提醒酒里有光，我却搬不动那倒影
但维特根斯坦依然在说：脸是身体的灵魂

婚礼没有断句，也没有一张脸是多余的
每一座笑靥都是江南蛋壳般的质地
觥筹交错的登响，只能爬过两家族谱
婚礼的每一个词汇都惊艳得像名著开头
仪式的乳名无论尊重还是有趣，一旦撑开
就会有梦一般的质感，走向明日的皱褶

我想从另一个时间里坠落，留下回溯
把脸的所有轮廓铺满潮汐，注释身体美学
新郎新娘敬酒的姿态如同月色撩人
座椅上漫漶着数滴玫瑰色，像今夜的情欲
眼前都是阁楼的背影，一层一层迁徙
我终于认清那座身体的灵魂被敲成笙歌
混沌着我无法抵达的远方，日日夜夜

2017 年 11 月 20 日

慢茶悠悠

把一个"慢"字泻入盖碗杯
叶片就轻轻趴下，歇息般洇开
犹如两百年前的军机处
深不可测的殿院后墙静如处子
等待一场猝不及防的倾注

鱼贯还是太快了，时间容易走调
其实我只适应独奏或者漫游
火功不能太猛，太猛了烧心
也不能太老，太老了干涩
让燃烧过的指纹领走最初的风
整座茶席我只布置一种苍茫
放弃所有的血肉，留下数根茶梗
我是攥着老茶进入沧桑的人
任何一盏救赎都不能过于急促

喝得很慢很慢的茶需要赞美吗
无论芬芳还是凌乱都是一场经过
只有那个"慢"，能够收拾凛冽
能够在茶里搁置所有的生命之痛
让静默的茶盏说出水的思念
也许更加缠绕，也许更加盘旋无边

然后漫游成一种未经凿透的慢

我的茶开始筑巢了，打开惺忪之叶
一片比一片更慢，像空山行走
该把这一场预谋交给历史学教授
他会找到苏东坡问茶的那道时间
想想六月的雨，还有一条河的沉默
尽管守候是虚弱的，但我必须等待
在星辰的碎片上，我们都是过客
都是慢悠悠在历史教科书里采薇

慢茶悠悠，我在茶杯里掐下夜晚
贴在每一座骄傲的胸脯上撩拨时光
有时我就要从这盏茶汤里跃出
然而，那个"慢"字堆积了一抹虚幻
另一个影子，喊醒明天的停顿

2018 年 6 月 8 日

风是行走的树

墨尔本今日刮大风，树叶插满锋刃
飞机向西倾斜，变成行走的影
语言悬浮，在空间里被瓷裂般挥霍

所有车辆在路上终结了一种吸纳
侧脸于尘，躲闪出坚硬的呻吟
什么都退至幕后，只有树在暴戾
有人在白天捞出了数只夜晚

路一直被风驱赶，呼啸插进我的记忆
木马黄在婴儿的啼哭里横出沉默
四处是不安的飞翔，酒从树枝溢出
失去宗教的初冬只能跌入昏黄
全部石头都在说话，像领土的一面供词
逃离心思比逃离光的环节更加明亮

路上的时间和节奏一直被驱赶
成为行走的树。路标总在指出迷误
没有人能够醒悟，这一片受惊吓的尘土
突然看见一只趴在地上的鸟
等待回家，翅膀摇出一种倾斜的念头

有车辆在摇晃地拐弯，如一道旧时的光
穿透原来是可以拯救的，包括影子
它们一定会带来远方的奔跑以及思念

2019 年 7 月 10 日于墨尔本

茶是我的思想

雨后，我该认真地泡一次茶了
我的思路总是驾驭不住雨的侧击
茶叶是最安静的，只有水最不正经
看惯了它们吵吵闹闹的结合
我最终还是释然了，整顿好我的思路

把所有未解决的欲望都交给茶
我对茶说：我们是兄弟怡怡

雨后我常常有一万种想法在蠕动
只有茶能分清我的人生和剧情
第一遍浓烈，像我年轻时的放浪
第二遍高蹈，像我三十岁的骄傲
第三遍缠绵，像我四十岁的忧思
第四遍沉稳，像我五十岁的含蓄
……
哪一泡都是我的思想

茶总是被水搅得死去活来
我却总是被茶撞得面目全非
但是破碎或碎片的思想还是我的
我必须在任何一场茶局纾解语言

等待一种万有引力把我送回白垩纪
那里一定会有茶的一片锁骨
掩住历史，敲击我那些腐烂的思想

2018 年 9 月 2 日

世界杯的耳朵

——写在阿根廷惜败克罗地亚之际

那么远，接受突如其来的爆射
一个世界仿佛失去无数的时代
人群像洒落满地的牛奶
球场黏乎，用威胁制造威胁
阿根廷的爱人恐怕会走失
会滑倒在巨大的星空上面
世界杯原来是一只巨大的耳朵
浮在去贝加尔湖的火车上
聆听莫斯科郊外那场哭泣的雨
正在从世界波的门里飞出

我在南方这座城市看雨
中国的南方。有茶在影响我
为了取悦茶，我打开电视
那里只剩下哭泣的玫瑰
眼前的那一丝黄昏哪里去了
我以为这就是喀秋莎渴望的星空
其实星星是确定不了方向的
一颗星也许可以养活一个梅西
但养不了我手里这个茶盅

我终究还是在世界杯那里路过

路过我稀松的日子和凌乱的落叶
球一直向前，星空依然颤抖
所有的私语都被时间绑架
再次来到这座城市，我在想什么
一群故事趴在球门上制造故事
我偏爱的黄昏迟迟没有到来
眼前一晃，那座熟悉的咖啡馆
提着世界杯的耳朵和起泡酒
路过我，以及梦里的一个草垛

2018 年 6 月 22 日

遗 忘

记忆是黯淡的，遗忘一直亮着
遗忘悬浮的时候，我选择了出门

出门散步，立即就被一朵花的光吸收
那是隐秘盛开吗？花不是没有光
只是照亮了太阳你不知道
当湖面的天空布满皱纹
我才记起水里的每一个故事
记忆是我的漂流瓶，装满我的夜
以及我那几首长着翅尖的民谣

往事像鱼鳞在瞳孔里融化
眼前的冷雾能拧出水来，但没有方向
我读着信，读到一条指尖
如鱼喙戳到某个历史的暗角
顷刻间，我就失忆在世界的倒影里
原来我的记忆只比鱼多了七秒

记忆很远，遗忘才是零距离
四面透风的耳语弦歌般撞上眼帘
在深度的黑暗里，我捞起一截忘却

2019 年 3 月 12 日

陶　片

一片耽于臆想的卫城，捡起了柏拉图
无字碑擎着雅典的皱褶，斑驳一地
脚下踢起一块性感的土陶片
历史烧制的那一段荷马，嘴唇焦渴
谁在那里还原两千年前的尘土
撕咬呻吟，如少女的胸脯在羞涩起伏

陶片是被水烫伤的未完成的歌
历史总是被折断，一片片坠落深崖
有一种安静像谎言，说过就没了
却一直被记忆，被沉默吮吸

把陶片挂在墙上，挤出梦里的黑暗
月光如鹰眼，拉不住流淌的记忆
只能洒下或者跌入，住进风的年轮
通往古希腊至少有三条途径
每一条都像正午那样灿烂的弦索
捻着细细的民谣，归来或者离去

2019 年 3 月 12 日

脱臼的茶叶

从一株植物里脱身而出，三三两两
连不上筋，就被不正经的水冲洗
我看到每一片都长着眼睛

喝它，只能用我的吆喝赶走绒毛
既然脱臼了，索性轻松一些
还要包浆做甚？包浆只适合木质

茶是有预谋的，潜伏着各种玄机
太多譬喻的影子卷走我的味蕾
越冲越淡，心思却越来越重

杯老珠黄，茶垢都凝成面膜
什么时候也让它脱臼而出
杯不换比金不换更具有形体意识

2018 年 9 月 8 日

无 尽 书

买到两本格雷戈里·柯索诗选
读到深夜，想偷他的许多诗句
再把每一个词都拉长半寸

一晚上读到没词，只记下两句——
"人的堕落在贝多芬面前是一个谎言
在希特勒是一个真理——"

每一句都需要十部凯迪拉克才能拉动
我只能在夜里偷偷怀想我的出生地
很小的时候，墙上刻着我的诗

书无尽怀想无尽，风其实很旧
无论翻开那一页，我都是出走的汽油
随便一点燃，这个世界就宣告失忆

我常常被关进书里的某个词语
或者某个角落。期待变成无尽藏
然后拔剑四顾，看树梢上的那个海

2018 年 9 月 8 日

荒谬的伞

从楼上望下去，有一些伞在飘
我知道什么是荡漾了，但无法言说
我预订的那座秋天如期来临
鸟儿很轻松地钻过一把花纸伞
我看着它，是一对一的裁决
一个人给很多人上课，叫作上课
许多人给一个人上课，那是批判
一只只伞在我眼皮底下溜了
我说不出话来，因为伞是荒谬的
它无端地阻拦了雨的诉说

2018 年 9 月 8 日

傍晚的和声

博士论文与茶

一本博士论文以及一块茶砖
两块都是石头，滚过我眼睛的溪岸
坐在水穷处准备狠狠杀戮它们
在夏日里悬起一把笔像悬挂刀斧
恭候多时了，我的手艺逐渐娴熟

点燃一根烟，吐纳寂静还是质疑
论文早已被月光晒黑了多少个企图
飘落到眼前，让我想起昨夜的山坡
博尔赫斯的墓碑正隐匿于星光
五月的野草莓追不上任何传说
敲一块茶，把去年的那片残雪喝掉

透过茶杯，我看到一滴水的惶惑
里面有博士论文的字眼在漂浮
对于它们，我承认自己还是有些陌生
置身其外无异于喝一盏不知名的茶
只好把感觉稍稍返青，再上一次山坡

我是悄然闯入的一位朗读者
像一截马草，被铁蒺藜轻轻绊住
无论盖碗杯还是小茶盅都无济于事

茶叶一冲动就抱紧嘴唇，水过喉
于是在论文里寻找一句老到的乳牙
与茶别过，虽然仅仅是冒犯了三分钟

三分钟后我就猝然从论文里醒来
如同经霜的一枚苹果，把神留住
论文与茶其实都在夏天的掌心传递着
最后被泡在壶里，展开身体以及道路
那些文化记忆，最终泡成了记忆的政治

最终，还是茶回到我的目光我的诗
至于谁是源头，如灰烬般不再去关心
连海子都只关心喂马劈柴周游世界
我还关心什么？我只关心我的茶
有时候觉得关心茶比关心论文重要
茶一旦醒来，论文一定会呼啸而出

2018 年 5 月 19 日

小 轮 子

所以它们剧烈滚动，滑出一路闪耀
每一圈都疯狂，在这个被闪耀的校园
有人跨上小轮子电动车，刺破夜幕
路灯的私语涨潮般四处奔袭，然后沦陷
所以我的目送顷刻间就变成遗忘
所以虚无就爬上阿波利奈儿的王冠
所以小轮子随之浮出它们中的每一划
我知道有些目光只能深陷在浅色格局里

小轮子悠悠忽忽，就像地球上啥也没有
每一个路口都在沉默，都在预设一道光
那家"不止书店"蹲着一群"不止"的人
咖啡能够照亮我的骨骼以及我的面孔
小轮子就在那里隐去，仿佛永远一般
假如夜色能够种植记忆，我会复活想象
光在旋转，小轮子一定也在旋转
此刻找到那道光，刷出十万篇博士论文

一瓶纯净水在一瓶恰当的时间叫醒我
我看到驼峰和鼻梁正在激烈争辩
词汇纷纷爬上思想的岸，像蚂蚁的触感
蚂蚁终究是讲哲学的，它们不说"原乡"

想起上午那场有关朱子学的论文答辩
如同小轮子的要义，折叠后又可以张开
于是我想扯下阳光，让它再低垂一些
让每个街角的小轮子，都拯救一种想象

2018 年 5 月 27 日

掏 空

白天被夜掏空了，就是黑洞
云被风掏空了，就是雾就是雨
我被感觉掏空了，就是溃败

听了一夜杜普蕾只听出绝地忧伤
然后是感觉掏空身世掏空灵魂掏空
把这一只音乐捏在掌心等待化雪
我想到更远的地方再听一场宿命
把剩余的价值交给由远而近的消融

那一年，我在滑铁卢见到拿破仑
跟他谈论战事谈论被他搓圆的地球仪
我的身体里藏着他的遗址他的手杖
被掏空的峥嵘留下一个世界的潜伏
布鲁塞尔南边的狮子之丘剑指法兰西
我把一首没有写完的诗，挂在那里

那个跳肚皮舞的女郎现在不跳了
改成跑步，婆娑被掏空成一片嫩芽
然后接近一池清泉扔进一张名片
刚发问："泡茶吗"，水就被掏空了
　"宛在水中央"——谁打翻了那座晒场

复杂的水，能坐穿一部《石头记》

这世界肯定有裂缝，否则无从下手
否则无从掏空所有的神奇和秘密
墙灰不断剥落，历史学不断堆满舌头
被掏空的故纸堆像小时候唱的儿歌
一根火柴就可以让它们烧回唐朝
凌晨两点的电话直接掏空了我的残梦
衣带渐瘦，眼前的孤烟早就不直了

遇见老茶的时候，我不问稼穑
遇见青春的时候，我不问老年
其实青春期再长也会有尘土飞扬
这辈子也许只认定一条绝对性真理
只有掏空的身体没有失散的兄弟
即便咬紧牙关也要咀嚼未来的陡峭

这一夜，我不断洗濯一片远年的瓦当
掏空它的尘埃和斑驳，吐出凉意
再涂抹一道天门关的暮色，让它醒来
让它遇见夏季的草香以及走散的绿

被感觉掏空的样子，原来有风吹过

2018 年 5 月 30 日

今天与酒有关

那口酒，喝得我
喉咙装不下一个词

舌头一直在破冰
味蕾爬满闪电的痕迹
抠出几个弯曲的字
像戈壁滩挖出的锁阳
直呼刚性

酒一定是好酒
贮藏着水的许多密码
比如6353，一组神的数字

雨点不断报数
滴落在风的膝盖
风一下子软了

连酒杯都躺下
才知道今天的日子
与酒有关

一整夜枕着酒名入眠

终于从舌尖梦到一句诗

今天，在酒里等我

2018 年 6 月 3 日

邂逅一种观念

拜年是从我的时间里喝水
我是水的囚徒，坐在茶盏上飞奔
这年头，连"90后"都在喊老
当我说到缪斯，他们就如风吹散
我只好用一摞烟卷的思想
让整个屋子以及我的小狗尖叫
正午的阳光，线条有些发颤
我的灵魂也有些慌了手脚

我喝过的茶已不再是同一盏茶
茶渣是一堆连绵的战事，等待呼啸
节日总是让我迷惘，甚至眩晕
每天都是一部沉重的史书
这时我容易想起博尔赫斯
他走在那个发明了探戈的城市
春日的街头，有树和蓝花楹记住他
野穹下我似乎邂逅到了什么
其实世间任何关系都是一种寓言
即使抵达山巅也不过是抓住了虚无

客人散去，留下时间、水和我
回到一个人的茶局，有些肆无忌惮

我觉得我偷走了曾经的我

就像一片茶叶在追击另一片茶叶

有影子从手背上滑过，是风的残余

沉默的不是羔羊，也不是大多数

懂得沉默一定会懂得怀念

哪怕是惦记一只失落的脚印

有消息从故乡传来

一位百岁老人正在做寿

让我想起几十年后的一场邀约

我写下"千载为常，长乐未央"时

文字就再也不会茕茕孑立

三千里江山有我的低眉处吗

我的心事终究成为观念的证据

整个春节我都可以去邂逅故人

有人给我邮寄来北方的雪片

我却被一堆文字捧着，然后打盹

梦见殷墟卜辞一个个聚拢过来

一种未完成的观念戛然而至

——云在青天水在瓶，我在哪

2019 年 2 月 7 日

我的词根与布局

立春已过，留下一条干涸的河床
把泥土最后的忧郁挂在河滩
天地丰腴，一万条词根汹涌而至
化为雨的唯一，包括我的出生地
风的念头从未因寒冷而退化
一夜就可以从词根跌入落日的容颜
有谁曾经是这里的美人
把身体里所有的荣耀，披散于众树
一瞬的光晕，足够让目光下坠
沉入我的词语，以及我的布局

不是所有的春风都能够化雨
只有光的指涉，让我眩了一生
拾级而上的眉梢是我最后的词根
认领出秦时明月和我的故土
我相信地球不会再流浪了
但我必须找回词语里的至亲
时间轻轻落下，也许不着一子
我随时准备抽离诗行，修改春天

布局是我成为另外一个自己的迹象
我的睡眠可以遁世，也可以破碎

但不可以与花朵作对，甚至狡辩
裤带里的乡愁具有再大的魔性
也要摆渡回家，让水泊不再悲悯
节日的喧嚣之后，布局继续被激活
逮住一片飞驰的影子，春就来了
我的血还在不断地喂养残阳
风干的骨架一定还认得回家的路
花甲没有花了，却还有退后的山水

这一场布局消费了我一生的词根
我终究不能蜷缩在自己的壳里
我的使命除了虚构，就是轻盈
就像天空是一场巨大的虚设
允许一骑绝尘，当然也允许缄默
你可以路过我，甚至偷走几个词根
我依然是打马的少年，即便走失
也会留下一行辙印，为明天指路

2019 年 2 月 11 日

风掠过的生活

生活这个词像炼金术，爬满暗角
谁在设计事件？我只会设计结局
半个世纪前有一场中断的约会
在这时被雨水捞起，凌乱夜的腰身
鸟声不断地放大水里的涟漪
我想向春天要一段被挥霍过的苍茫
沉入灯影，用舌尖舔出一道经年

三月是挂满掌故的日子，天有些冷
我铲着生活之外的每一个潜台词
其实我的奔突是无效的，词语有疾
鸽群惊飞，掠过一张张瓷质的脸
可以叫它遗忘，也可以叫它钩沉
路最终是会累的，遍体鳞伤
就像房子从来不敢承认自己是胜利者
尽管它能洞穿亘古，看透未来

我想跟一个俗子谈心，不再为历史发愁
甚至我想向轶闻的深部挺进
最终落草在一片更加具体的山寨
我在书的边缘卷起一座渡口
泅渡我的遗忘，回到我的不知不觉

街灯昏黄，我身上的夜色不深不浅
蹲在地上看一只蚂蚁成功地爬过马路
我才想起，生活原来可以悄悄掠过

2019 年 3 月 1 日

墨　镜

有意抹黑这白日，抹掉所有痕迹
看不见砖缝和波纹
就连影子也是黑的。风变成掠影
墨镜王王家卫
在电影里制造的那些逻辑
只有猴子捞月的虚虚实实
每一次闭眼，就是万千江湖

麦克阿瑟的雷朋，用金属丝勾勒战争
一瞥就能吆喝暗夜
眩光是暴雨的系缆，牵引一场国家

墨镜里有故乡
还有开得很慢的长夏
它们都在等待一道目光的抵达
那就让光拐个弯吧，直扑我的视觉
没有人比夜触目得更深
只好给汉娜·阿伦特也戴上墨镜
哲学需要一副马堡般的"私人面孔"

拒绝黑暗，就是惧怕人生
黑暗是黑暗者的灯，在这里泅渡光

墨镜没有永远的对和错
它的每一阵撕裂，都是老祖母的幻
慢性的阴郁像曼德拉山上的石头
被一截一截地砌进历史
即使把词语摆放成云层的滤镜
也不能够让我看清
昨夜星辰与诗歌的那张脸，以及
向我挥手的麦克阿瑟和阿伦特

2019 年 7 月 22 日

洗　尘

还没回国，有人告诉我：要为你洗尘
这个尘语焉不详。我回答：我没有灰尘
他有些不高兴，说我对洗尘极其反感
另外一个人就甩出个猪洗澡的表情
我于是明白，什么是属于我的猪的生活
活着为什么就不能像猪那样生活呢
就像我希望安逸希望平静希望周遭无事
其实我一直在做一件缝缝补补的工作
修理各种论文，用汗毛打了各种补丁
这份隐忍只有猪能够接受，包括沉默的羊
活着就是各种接受各种隐忍各种不弃
我不适合空手道和平衡术，经常漏洞百出
即便是洗尘这件事，我也是极其不安
生怕被太多的尘埃沾染，长出阴谋
我想嫁接到魏晋，躲到七贤待过的竹林
我不想跟太多的陌生人说话，以及对视
然而猪那样的耳提面命也会让我难堪
我只好说：喂，你这条河流有没有走错路
我跳不过去了，就是老虎也跳不过去
有人出来拉我一把，锯掉我的一些杂念
我才意识到洗尘原来是如此美妙的一个词
我相信我手里是有法则的，它能安放我

那么就让我的朋友为我洗尘吧，只需半秒
那样我肯定清醒，肯定长出许多意志
我期待我像猪那样色彩斑斓地返回
任何的华丽既然不属于我，那就属于猪
至此，我完全接受另一个人的表情
把自己深度放牧在前朝或者将近的水中
不断享用那半秒的洗尘，浴后重生

2018 年 10 月 3 日于墨尔本

语言之扉

身处异邦，我是一条游在空气里的鱼
眼里布满生存法则，那是我的布道
太阳很晃眼，意志一般地进入身体

我的编年史由此多了一层描述
把欲望和幻想交给这里的每一寸面目
那杯隔夜茶总是以提醒的姿势浮动
无非两种状态：喝了，再倒
或者两种样式：拿起，放下
它们来不及湿透我内心有如大海的潮
就颠覆了我的苍白而骨感的归宿
陌生的语言甩出十万个陌生的疑问
我悄悄藏起母语，否则容易失踪

满街是饱满的人，我跟不上那种食欲
只能切割一些他们的微笑或示意
水不洗水，尘不染尘，语言不灭语言
但一旦脱口而出，可能就折断某些意识
我蹩脚如风中落叶，不敢和陌生人说话
像一只一无所知的呆鸟，候在那里

这里的春天可以折叠起很多旧日的历史

他乡即故乡，这句话一直被推入史册
或明或暗的城市时常爬出我的脑际
却始终没能打开我的语言之扉
静止可以是水，语言却依然是一种微醺
即便你是一条在空气里游动的鱼
也会在虚拟之境中，诠释或被诠释

2018 年 10 月 6 日于墨尔本

对　面

我坐在你的对面，世界原来就在我的对面
喝完这一杯，我就开始喝这个黑夜了

趴在城市海岸线上，听着很长很长的呼吸
无雨的夜晚，风的泪滴是最微弱的声音

天空之城已经被我私藏，就锁在眼角上
想起史前，一对鱼化石也在这里觅醉

海逐渐爬上午夜，浪花释放了语言的毛孔
两株木棉就要在我眼里开花，影影绰绰

这个春天的宗教虚构了我，像陌路相逢
在生命最遥远的地方，我张开了时间

人世有刀锋，一刀一刀切割岁月的翅膀
只有回忆是真实的，因为它属于语言

只有酒精能瓦解语言，但不能消灭它
花的器官，把一个怀人的季节轻轻遗忘

装扮不出李白醉酒时的模样，只能微醺

然后把那个句子放进口袋，沉入古老

爵士手稿就捏在手心，那里有鱼的欲望
其实那是架子鼓的胚胎，敲响一夜迷茫

你坐在我的对面，这个世界本来就属于你
这个夜晚有美在制造美，语言制造语言

2018 年 4 月 7 日

站在一片叶子上

阳光收窄一帘眼神，梦把睡莲轻轻咬断
驮着细雨的琴弦，拨动十万条呢喃
夜，我回来了，回到一座无声的沙漏
更加纯粹的，除了那一滴露珠还是露珠

站在一片叶子上，绝不止于千年等候
这个春天我们波澜不惊，人淡如菊
无论海风如何叩响岸边不沉的喘息
露珠的翻滚和打转，都是草尖的圆舞

叫醒十座春风，为昨夜的高脚杯打赏
一个远年的过客，活在下午的精神分析里
你在抑或不在，来还是不来，都将迟暮
我会告诉那位姐姐，我在另一个德令哈

德令哈是海子的归宿，那里有露水的欢喜
南方的石头飘在天上，等待背影和回声
春天还有多少尾巴？那一片叶子悄然落下
我随之降落，为一粒不期而遇的霜祈祷

2018 年 4 月 9 日

羊 蹄 甲

满城空气再也不唱我是一片云
就被无调性的苍茫怀上一座春天
骨朵的契约已经交给四月
只有起伏，才是风的模样

每一朵都举着昨夜星辰的泪水
零落，以飘的典仪碰伤我的呼吸
掩映和弥漫不断抬高城市的情绪
留下两行注目礼，邂逅沧海

2018 年 4 月 11 日

意 境

小区楼下，一对外地租住户夫妻吵架
听不懂那些切割天空的方言，人越围越多
男的终于冒烟：看什么看，听得懂吗
一位小弟低低地说：我们就看个意境

外文学院关着一排咿咿呀呀，像刨花
不知道说的是英语、法语还是日语
单词被裹在一种语言里蹂躏了一百遍
睫毛嘤嘤发响，闪忽出碎瓷的意境

酒杯是一枚印章，从人间戳醉神界
一仰脖，白云撕裂，词语断崖
推墙似的划拳，绷起一堆悬挂的肌肉
表情像纵横的蚯蚓，弥漫就是意境

夜深深，风在门外不断缝补往事
窗影绰绰，触须般翻阅着旧时的我
一道发光的蓝花楹跃上天花板
携带梦的重量。哦，这也是意境

2018 年 5 月 2 日

锁 骨

把一曲骨节折出凌霄

所有惊艳就被拔出花事

珍藏了多少光阴

藤蔓的发梢才把它挽住

如果飞雪有唇

一定会咬碎那阕小令

锁骨不会虚设笑容

只有轻轻颤动

才将一段泅渡锁进酡颜

什么都可以暗自生长

锁骨却一直从肩头折回

那是命定的起锚

不管下方有多少神秘

任何触碰都是乱神的

为了一颗遗失的呼吸

它只陷入深沉

也陷入一条委婉的曲

2018 年 7 月 12 日

鸟　声

雨后的天空比我想象的要好
一颗龙眼就足以慰风尘
鸟儿在阳台说话，声音很轻
只有那株三角梅能够听见
一会儿它又飞走了

我在空气里寻找鸟声
鸟不作诗，却有诗的话语和节奏
它飞过的地方变得安静了
让我填上一些句子和韵脚
究竟谁是午后的朗读者
我无法丈量我的思想，尤其是今天
但我会留下一些思想的颗粒
去喂养一只鸟的思维和感觉

2018 年 9 月 2 日

雨怎么说

雨是停了，这个我倒是想过
双彩虹变成两条锯齿形的烟雾
一块一块模糊，然后卸掉

我不想和一场雨争辩太久
这么多天我可以不给花浇水
幸福感油然而生，让我不停想象

可是，明天的雨还是有话要说
它想做我不敢做的事，也许今夜
我想把它推后一个节气，带些风来

有点秋天的感觉了，影子在飘

没人告诉我风是肥了还是瘦了
其实秋天只有最初以及最后这两种

2018 年 9 月 2 日

剪辑一个梦

一直想象双彩虹是天空的双眼皮
它消逝时的锯齿形很像我的一个梦
剪辑这个梦，我想起见过的一口老井
曾经湿润了一座村庄，包括新娘
那年，有位新娘趴在井口边
打量着她那美丽的双眼皮
她不是属于我的，只属于我的发现

那晚我做了一个锯齿形的梦
把我所有的念头都成功锯断了
本来我想剪辑这个梦，再上一把锁
待我成家立业时打开，重温一遍
结果我的历史还是空空如也
到头来找不到我剪辑过的任何片断

去年底在靠近南极的塔斯马尼亚岛
我见到一次双彩虹，可是梦丢了
外孙女对着天空嚷嚷半天
所有的花事都不发生，雨又在成熟
我捡起一只前世的杯盏
把旧梦浇湿，回到记忆中的那口老井
再剪辑一次，直至所有的闪耀消失

2018 年 9 月 2 日

遍地狼烟

谍战片一直在洗劫我的夜晚
我总是在那里面寻找一件旗袍
遍地狼烟，纠缠不住一个人的战事
我怀疑身上某处被特务打上记号

我必须在入睡之前恢复一种记忆
那是风声、风语，还是风的深渊
我倒着看，急切想了解最后的剧情
就像追赶老屋瓦片上的那道光

那道光最后是能拐弯的，神出鬼没
我只好把它当作一个驿站
和风干的历史一起，没入无端的神秘
然后启动我思维的浅滩，让云覆盖

2018 年 9 月 2 日

籽 不 语

鲨有籽，多春鱼有籽，番石榴有籽
一位女博士说她肚里有颗很大的籽
我突然想起一颗硌崩的牙，很疼
但是籽不语。我继续狐疑并继续揣摩

我也不语。我的语词生性讷言
我知道生育的流水线是一生的忍耐
灶膛里激烈的争辩需要不断添加柴薪
任何一条妊娠纹都是雨后留下的

时光很汹涌，只有胎动是安静的
一种磅礴的力量会把所有事物催熟
我准备好一个茶杯，等待愚公移山
不，是愚公移"籽"，寄出胎盘

2018 年 9 月 2 日

面　具

面具是一部谍战剧的片名
我在里面扮演一个窥探者的角色
那个护士长是我朋友的一只猫
总是让我的朋友感到无限温暖

其实无论在柳河路还是柳兴路
都是有文章可做的，不只是邂逅
雨后的任何一个午夜都是重要的
因为那时不需要面具，只需要相拥

2018 年 9 月 2 日

无 量

一早就被雨敲醒
茶杯走失，阳台花枝乱颤
昨夜电脑没关，有些积水

雨太轻，擦过黑夜几道痕
只淋湿我的浅薄的梦

我说服不了雨，雨也说服不了我
雨是无量的剑
只等出鞘，去刺伤许多事

有些事不必回首
随风潜入，抽丝般穿过

2018 年 9 月 8 日

酒 瓶

能装进一座大海
一经倾出就压弯了一群人
最后那一滴特别闪亮
点在某个人的脑门
离开时手里还捏着一只盖子
它已经扭曲，像一隅山坳
突然酒瓶从口袋滚出
他说：到了，它是我家

2018 年 9 月 8 日

锁 千 骨

花千骨还是锁千骨一直在困扰我
不看电视剧实在是一种过错
其实，我知道的只有"锁骨"
高攀不上，就去记起一个人
也许三十年后时间勉强够我怀念
那个时候我的偏见会碎成千骨
沉入世界，而我开始攀缘

2018 年 9 月 8 日

迪奥 999 口红

涂抹其实就是一场幻觉的降临
线条不再单一，把故事深藏在里面
像一袭睡袍那样，绊倒所有的梦魇

据说这是相当有气质的口红
用三个最高的数字繁殖出夜的倒影
也许，在边缘寻找线条可能更具线条感

想起那个夜色，在伦敦希思罗机场
我领到了迟到的行李，天有些冷
与一片涂着迪奥口红的英伦女孩擦肩而过

我像是被风推送到水里的单帆
只能在风里清醒着，构想我的某个佚名
想到晃眼而过的都是道具，等待涂抹

或者，我的迷眼里还有未涂完的神
如同把一撮尘世和岁月握在手里
命运原来都是虚构的，只有风最真实

2019 年 1 月 5 日

呛了一口酒

我知道那一只茶盅有我掰开的暗影

居然被狠狠地呛了一口，独自忧伤
过早伸出嘴唇，酒原来藏着孽种
就像思想里掖着某些黯淡，没有光亮

酒里没有我需要释放的人质
却有潘多拉的盒子，匍匐着夜的峡谷

朋友说，还是喝茶吧，会让人想起水
有无数个夜，都是被茶水给唤醒的
其实那是"一"，数不清还是数不清

没有什么会比夜更长，万物都在蛰伏
在这个掰不开的夜里，我却想起了酒

被酒释放的茶水如梦方醒

2019 年 1 月 5 日

搬书之累

从一个书架搬到另一个书架
再从一楼搬到二楼，风也有些累
我是个跳舞的稻草人，昂首却枯立

在每一本书上留下数道指纹
用放大镜搜索哪一只是我深夜的手
眼前是一片诱人的热闹，像鱼贯
其实我没有太多的书，却总是像
《这个杀手不太冷》里不停地搬花
鱼可以回溯，书是破门而入的
任何的增加或减少都变成虚构
那就进入时间吧，无所谓累

有一种渊薮可以循环播放
只要把一册书放入精神的塔
任它如何吼叫，都是我的卧底

2019 年 1 月 5 日

挑灯看剑

南宋遥远，稼轩词依旧
谁在吹角连营？举起吴钩
马背斜阳是天空撕下的碎片
盯着一盏孤灯，像盯住一枚鸟巢
想把它摁向穹顶

一本宋词跳过了许多年代
家国永在。词人早已远去
那把剑锋直指哪座祠院
问风，茫然四顾，只是轻拍了我

2019 年 1 月 13 日

暗的物质

暗的物质就是暗物质吗
灌木丛里有光射向我
也许是神迹，仅一瞬的光影
上苍能理会我的内心吗
群山微醺，为的是快马勒缰
我微醺，只是一种趔趄的潜入
约翰·丹佛的吉他声渐行渐远

我想给光让路
尽快把神的替身
还原出物质

2019 年 1 月 13 日

樱花流浪

城的一角樱花流浪，变成一汪漫水
如一袭和服少女，叹息在夜晚的京都

在茫茫细雨中辨认花瓣，像识字少年
躲在一个思想的场所，盯着前朝的细节

城市原来就是盛水的陶罐，无由西东
一任群芳妒去，隔着雾我无法读出抵达

用一个晚上读米沃什，才明白被语言质询
只好背着一朵樱花流浪，赶赴明早的雨露

2019 年 2 月 19 日

吊 带

悬挂，像一座缆绳
即便触礁，也纹丝不动
海正在涨潮，却走不出顶级的沉静
锁骨是两片抓地的锚
等待途经、脱缰，或者断裂

2019 年 7 月 23 日

静　坐

拒绝盛夏一定比拒绝冬季还难
黄昏没有留白，只有邀请
即便是闪电，也无法虚构曲线
以及那个坐姿
翅膀比花朵固执，只有乱云妩媚
能卷起地上的尘土
婉约没有被虚度，依然静坐
顺着梦的苔藓可能会走失
只存一念，就占用了一席才华

2019 年 7 月 23 日

第四辑

合 唱

女人十章

1

奥体中心　聚集一堆火焰

升温　升温　把所有钢架踩在脚下

四处是漩涡溅出的呼喊和细雨

一颗气排球会被旋转一万年

数不清的攒动是无法抗拒的梦想

浮在眼前　散尽春天的纹路

没有一个角落未被命名

2

女人是一片上帝撒下的网

男人们都躲在里面

捕捉每一丝感觉和记忆

网是没有裂缝的空间

即便是一道痕　也会被光缝补

然后把男人所有的故事

盘根其中　冻成一块茧

带着些许的幽怨

沉默出一批脚注　扣在网里

3

女人是大地浮出的肺叶
只依偎春天　带着某种冷艳
在男人混沌的胸腔抖动
那些排出的气泡
足够淹没男人的脉冲

4

在某个群里遇到一群女博士
如同电路图蜿蜒　扭动腰肢
方向一定是被指引着　就像风
她们不需要任何证明
只需要把天和地摆在她们之间

夜色成为被追踪的一种颜值

5

女人　这样的日子不会有碰瓷
不会轻易碎裂　也没有迷离
透过玻璃窗户的每一道光亮
男人评点女人　就像敲击键盘
然后紧急回车　跳出一行字

不过是一条地平线　漂移
女人的眼神总是垂帘一般

6

苗条一定是女人的春梦

每一根睫毛仿佛柳丝依依

即便在寒冬　也能飘若裙裾

让男人的眼神变成四处张望的指针

一秒一秒　抓挠属于女人的空气

茫然四顾总是男人的窘迫

恨不得把自己化为一片空气

钻进女人的时光里　兜圈

7

男人总在奔跑　女人总在停顿

追上或追不上都会滑向某种诡秘

坐在一张空椅子上　剪碎一堆窸窣

一道光影伸进另一道光影

互相折射　缭绕出黑洞之美

如果世界上有什么不可以穿透

女人一定是那一座屏障

像斑马线　闭合着男人的心思

8

轻得不能再轻的呼吸

常常是女人压倒男人的形迹

女人有时很陡峭　让男人攀爬
岩脊下的任何栖息都能倾听
一只黑色的鸟　倦沉地飞
女人说　必须把翅膀裹住

突然就想到折翅　含在嘴边
其实女人就是窗外的那朵雨
飘进来几滴　然后又飘远

9

压低抬起的脚　高跟鞋已经很高了
女人会把寂静变得浓密　像孤影
所有的行走都是前尘滑落
空隙总有触须进入　像暗夜猎手
俘获一道绷紧的声音　为自己开路

能够携带男人身上的任何重量

10

一直想着有一种暗物质
万籁俱静地飘向她们　扩散思绪
不再惊醒　只有嘤嘤发响
暗夜是最后一枚未解开的纽扣
远方有马在嘶鸣　落荒而不逃

黑夜能够击倒清醒的意识

只有女人　在暗物质里飞翔
悬帘的窗户关着一座没做完的梦
这大概就是女人　如此日日夜夜

2018 年 3 月 8 日

暗喻的演奏（组诗）

示

示一种爱，就像藏匿
就像星辰亮到天明就不见了
但我能窥视某个秘密
能从那里取出一座约定
有风在卷珠帘，在摇碎浓雾
我知道自己被茶浸蚀
我会示出芒，以及序

等

为什么总是"天青色等烟雨"
我一直在慢慢地等
我停不下来
一根烟就会弹劾我的夜
天已不青色了，雨还在走
我敲雨，感觉到颤动
雨是热恋中的文字
灿烂得有存在的呼吸
我稍稍平静了一会儿
继续等，下一场是烟还是雨

浪

把所有的所有都想了一遍
等于寻找一个世界
太阳总在白发间游荡
像飞进书房的蜜蜂
蜇醒一本书的封面
我突然觉得那是一种浪
把所有发生在这里的
都变成诸神
——也有你

帘

卷还是不卷，都在我的视线
写诗的时候我得把它关闭
天地都在我的路上
都在选择词汇
虽然有蒙尘，却饱满得像证人
仿佛就住在我的左心房
这个周末它会抵达吗
哪怕是轻轻地掸出声音
我都会给它一个目击：卷帘

就

风可以就酒，雨可以就茶
我们可以谈论一个词的宽阔
就像谈论一条河的意义
此岸，不需要朝向我的手指
只需要一个"就"
就能打开所有的聚散
头顶的阳光房接过一根藤蔓
我就着它写下一句
——你是我的牧神吗

2018 年 11 月 3 日

傍晚的和声

风和日丽（组诗）

风

天空撒下的线团，像遗落的记忆
谁在田畴晃动秸秆？只有爷爷的风
那时我是他不合时宜的一株幼苗

爷爷的面孔跟我长得不一样
我终于明白什么叫做风霜，但
他不是枯草，他逐渐成为了祖先

小时候爷爷牵着我，像拽着风筝
不知哪一年爷爷一疏忽，我一挣脱
就跟他隔着比遥远更遥远的远

和

绵软的一个字，带着春天的表情
像兄弟握手，但更像远方被喂养的思想
注目就是传递，但始终不会望断

某一日，风放走一只低飞的鹭鸶
那只手因此柔软得像晨雾里的空气
我坐在凳子上，享受着将逝的时间

接近风是为了与风和解，其余都是沉默
我寻找它的一个绰号，把往事稍作停顿
——沧桑只能看云，长歌得去听风

日

我不想流浪地球，只想暂时回避一下
把太阳轻轻挪到地球的另一边
让它照耀更多的沙以及水的谜底

甚至可以把它的锋芒变大变长一些
不一定要那样醒目，只需要从容垂下
温和地伸长脖颈，就抵达一种含义

我想跟一个戴面纱的驯兽师商量
不管太阳是哭还是笑，他都能
用指令把它放出来，又关回去

丽

一直以为，能够被长久注视的是落日
为了那一场停顿，我剪开一座美丽
看她不远不近，在无始无终中婉转

丽日还是丽人都不能取代一个梦的位置
或许只有喂养一首诗，才能复活寓言
在醒与梦之间，我纠正了风的角度

故事的泥墙不断剥落，显现寓意本身
想为这个世界眨一下眼，唯有丽人
那段错行的诗句，还能穿越往世吗

2019 年 2 月 15 日

美颜世界（组诗）

美颜世界
把身材变成闪电，脸变成瓜子
有一种美女就叫美颜，然后去倾城
活在美颜世界里，谁也看不见谁
一不小心就把自己给弄丢了

自　拍
不断修剪角度，裁掉多余的焦虑
一举起，就像江山更替模糊了边界
所有的缱绻都是梦中月亮的披肩
缀满自己的影子，然后静静地忧伤

美图秀秀
不要说那是假的，只有我能认识我
如果影子能熨掉皱纹，我宁愿是影子
除了心事，任何一个重叠都会掉色
其实这也是修炼，就像我看你的眼神

P　图
刚刚学会的伎俩，如同遇人不淑
连宋仲基也厌烦他的咳嗽都可以翻拍
不断被揪出的恍惚，跑进别人梦里

身世一再退后，脸蛋却暗藏太多玄机

群
至今才知道那是空房子，就等你来
你若不点赞，我便从此独守空闺
牵一座山到群里坐镇，然后潜水
红包穿过茂密的夜，一分钱也得等

朋友圈
朋友圈是地图上那一堆涂满色彩的名字
漫长的森林隧道把夜吃光把梦也吸干
最后把自己埋了，化作浮动的尘埃
形销骨立，去泅一场找不着北的劫渡

2017 年 8 月 19 日

那些目睹（组诗）

堵

肠梗阻，一堆烂铁

没有明暗

每辆车都在自言自语

没有开头和结尾

真想把这条路卷成烙饼

直接滚到目的地

雨

忽热忽冷

衣橱不断颠覆

外套穿在身上

不知该扣住何处

我有一片云

非你所知

你有一片雨

非我所有

信

突然收到一封信
像暗器
像原野突兀的一块石头

终于没有撕开它
留着
看一眼它的孤独

驾驶班

像地下室
黑森林在起伏

路过那里
点一道烟雾
你忘不了它
看到，有三根黑香蕉

走　廊

远远看见一个人
靠近我
却远离我的想象

昨日也遇见他
但那个影子

不是用来记忆
是用来挥洒

茶　杯

水很性感
没有人逗弄它
蚊子绕它一周
不停下来

不知道隐匿的
一定不知道陶醉
放它一马
正好放我一念

树

那棵树蹲在办公室
有些久了，莫名疯长
摸着树干
一定生个男孩
摸着树叶
一定生个女孩

某日，树对我说
你每天为什么
只捡我的落叶

伸出手去
不知该触碰哪里

书　架

一堆鸟在那里活着
喊一声
飞出来一只

诱人的热闹
是我孤独时的游戏
如果把我也装进去
会不会被踢出来

鼠　标

鼠们说它不是鼠
只好躲到键盘一侧
等着猫出现

它说左肩有些痛
那个键死死被按住
一次点击就是踩了一脚

我才知道为什么会有
"次数"这个词

转　椅

从来没有安分过
一直表现得很饥饿
却飞不出画面

天空都在跑动
它跑不动
原地转圈，像个渔翁
有些凉

我时常忘掉一些老房子
却没有忘掉它的意志

2018 年 5 月 3 日

后　记

　　这是一个众声喧阗而诗市落寞的时代，写诗的人似乎是一拨一拨地出现，但据朋友分析，所有的诗歌公众号均是读者寥寥，阅读量只有点击量的五分之一。诗歌现场其实并不潇洒，它还是孤冷的。

　　这是继《拐弯的光》之后我的第二本诗集。惠施公孙龙说："南方无穷而有穷"，诗歌在所有的文学"冷遇"中，无论是"无穷"还是"有穷"，能够出版也算是幸运的了，尽管它所属意的对象依然是寂寞的。

　　"我思故我在"，"我在故我诗"。与诗歌相交，肯定是我生命的一种"兼爱"，一种旨趣，也是一种担待。"傍晚有很多事物在飞"——这是我的一个诗题，在人生的傍晚，在一切被本体的、宿命的际遇规定了之后，一个百无一用的书生还能期待什么呢？偃鼠饮河，不过满腹；"物莫非指，而指非指"（惠施），唯有诗的幽趣，不无所得，不无在一次次经虚涉旷的创作中获得神思。

　　感谢我年轻的诗人朋友年微漾为这本诗集起了书名，为各个篇章进行分类，同时写了一篇颇具意味而达于通洽、洞穿肯綮、贯综领悟的序言。还要感谢海峡文艺出版社副社长、副总编辑林滨和责任编辑蓝铃松的辛苦付出！

杨健民

2019 年 12 月 17 日记于福州